おいしいベランダ。
あの家に行くまでの9ヶ月

竹岡葉月

富士見L文庫

レシピページ・イラスト　おかざきおか

contents

もしもし、起きてた？　今日はね、鉢の植え替えをしようと思うんだ。

一章　まもり、遠くのカレとご近所の問題。

栗坂《くりさか》まもりが関西での就活を終え、東京《とうきょう》に帰るにあたり、葉二《ようじ》といくつか約束をした。

こちらが無事『パレス練馬《ねりま》』に到着したと、葉二に一報を入れた時のことだ。

『なあまもり。俺たちでルールを考えないか』

「ル、ルールですか」

『そう。これからしばらく、行き来はあっても基本は遠距離だろ。今までみたいに交代で弁当作るってわけにもいかねえし、なんかしら続けるための工夫は必要だと思うんだ』

「ほほう……確かにそうですね……」

まもりはストッキングを脱いだ足で、ソファに腰を下ろす。

葉二の方から提案してくるとは、珍しい話もあるものだと思った。

「具体的には、どんなことを決めましょうか」

『まず対人関係の基本は、コミュニケーションだよな。報告、連絡、相談』

「そうですね。報・連・相は大事ですね」

なんだか会社みたいだなと思いつつ、頭の中に野菜のほうれん草が浮かんだのは内緒である。

「じゃあこうします？　朝は当番制のモーニングコール。帰宅時は必ずメッセージを入れて報告。音声通話、あるいはビデオ通話による十五分以上の対話を一日一回義務づけて、おやすみのキスで就寝する」

『……しょっぱなから飛ばしすぎると、息切れが辛《つら》いぞ』

ああ。電話では声しか聞こえないが、まもりにはわかる。これは『うわ、めんどくさ』と思っている時の葉二だ。まもりも思わず苦虫を噛《か》み潰した感じになった。

『義務とかノルマは、最低限の方が続けやすい』

「そう言われましてもねえ……どれぐらいならできそうなんですか、葉二さんは」

『まああれだな。決まった時間に何々するとかは、できねえ時もあるからパスしたい。長文したためる日記やレポートみたいのも、気が重くなるから勘弁してほしい』

「……つまり？」

『手すきの時間にぱっとやれるものがいい。ワンクリックかそれに近い手数で、できるだけ手短に効率良く』

なめとんのかコラと思った。

確かに去年の末から今年の二月にかけて、一時的に離れていた時も、葉二がマメだったかと言われれば答えはノーである。

事務所の立ち上げで忙しかったのもあるだろうが、もともと雑なタイプが急に変わるはずもないのである。

もっともまもりはまもりで、迫り来る就活の準備や試験関係で手一杯だったため、連絡の頻度を気にする余裕もなかったのだ。

しかし今後はまもりも一息つけるだろうし、せっかく葉二がやる気を見せているのだ。何かしら、約束を取り付けておいた方がいいのだろう。

（そうだねえ）

まもりは部屋の天井を見上げ、どうしたいか考えてみた。

「……一緒にご飯が食べられないからお弁当にしたんですし、お弁当も無理っていうなら、何を食べたか写真でも撮って、SNSかメッセージアプリあたりで見せあいっこでもしますか？」

『おう、いいな。食い意地はった、まもりらしい提案だ』

「食い意地は余計です。で、感想と近況を添えると、絆《きずな》もより深まるのではないかと」

『そのへんは努力目標にしとこう。まずは飯の写真からだ』

「……わかりましたよ。あとそっちにいる、ミッチーやマロンの様子が知りたいんですが」

『ベランダ菜園も、動きがあったら報告する。これでいいか？』

「いいんじゃないですか」

だいぶプランも固まってきたようだ。

「私も今いるとこで何か育てたら、葉二さんに報告しますよ」

『わかった。じゃ、そんな感じでこれからよろしくな』

「はい、お休みなさい」

『ああ。愛してる』

通話はそこで終わりだった。

まもりはスマホを握りしめたまま、彼が最後に残した言葉に呆然としてしまう。

——愛してるなんて、プロポーズの時に言われて以来だ——。

「う、うわあ……！」

不意打ちの気恥ずかしさが襲ってきて、まもりは横倒しに転がりじたばたと悶《もだ》えた。

両手で顔をおさえようとしたら、新大阪《しんおおさか》駅で葉二にはめてもらった指輪が目に入った。

左手の薬指。約束のエンゲージリング。

あの人と一緒になるんだなと、あらためて思った。

「ふふ、ふふふ……本当にもう、葉二さんたら面倒くさがりなのか積極的なのかわからないよね……」

たとえて言うならそれは、十八の小娘だった頃の自分だ。川崎《かわさき》の狭い社宅で、従姉妹《いとこ》に一人暮らしをしないかと持ちかけられた時と一緒。自分の行く先に、薔薇色《ばらいろ》の未来しかないと思っていたのである。


——いやはや。

——まさかこんなことになるとは。

取り決めをかわしてから一ヶ月後の、七月某日。まもりは今日も、恋人の葉二から説教をくらっていた。

『……まもりよ』

「な、なんですか」

『なんだこれは』

「なんだって、なんですか」

『おまえの写真見たけどな、ふざけてんのか？　それとも他にあるけど忘れてるだけか？　俺をおちょくってるのか、若年性の健忘症なのか、どっちだ』

「どっちでも……ないですよ」

『んじゃ、本気でおまえの一日の飯は、ツナマヨのおにぎり一個とカップ麺だけだったのか』

「……自販機でオレンジジュースは飲みました……果汁五十パーセントのやつ……」

『馬鹿野郎』

婚約者にここまで罵られる人間というのも、あまりいないのではないだろうか。

面倒なのは嫌だ、長文も書きたくないと言っていたくせに、まもりがアップした食事写真が少々貧相になると、わざわざ電話までして文句を言ってくるのである。

「……しょうがないじゃないですか。今日はゼミがあった日でしたし、バイトも再開したから忙しかったんですよ。それでちょっと買い出しに行きそびれたというか……まさかそこまで家に食料がなかったと思わなくて……」

『まもり。言い訳すんな』

あなたはわたしのお母さんですか。いや、アスリートの三食に目を光らせる、鬼トレーナーかもしれない。ちなみに今のところ、オリンピックに出場する予定はまったくない。そして愛を語らう雰囲気もまったくない。

確かに自分でも、こうもあっさり楽に流れるというか、気が抜けてしまうとは思わなかった口である。

スマホ越しでも冷ややかな視線を感じたまもりは、無理矢理話題を変えた。

「よ、葉二さんのご飯は、さすがにいつもおいしそうですね。今日の晩ご飯は野菜炒《いた》めですか？」

『ああ。ベランダのニガウリが収穫できたから、海老《えび》と挽肉《ひきにく》とナンプラーで炒めてエスニック風にした。つまみ用のナッツもあったんで、仕上げに砕いて入れてみた』

「くっ」

『今食ってるとこだが、ニガウリの苦みが利いてて結構うまいな。ビールにも合う』

「う、羨ましくなんかない！　羨ましくなんか！」

『ちなみに明日の弁当は、余ったこいつにカレー粉と冷や飯を加えて、炒飯《チャーハン》にして持っていこうと思う』

まもりはハラハラと泣きたくなった。すでに自分の夕食は済み、ソファ前のローテーブルに空になったカップ麺の容器が置いてあるのに、どうしてまたお腹《なか》がすいてくるのか。

いいなあ、収穫ニガウリ。いいなあ、葉二のご飯とお弁当。

きっとこれから神戸六甲《こうべろっこう》のベランダは、緑がわさわさ。梅雨も無事明けたことだし、夏向けの野菜が沢山収穫できるに違いない。

ちなみにまもりがいる練馬のベランダは、何かしら植えよう植えようと思ったまま、一ヶ月が経過している。理由？　やはり『なんかやる気出ない』の一言につきた。

『にしてもおまえ、バイト再開したって、また同じ古本屋か？』

「そうです。いま佐倉井《さくらい》君が、就職の試験で忙しいらしくて」

友人の第一志望である公務員関係の試験は、民間と違って夏が本番だ。店にバイトがいなくなると聞き、かわりにまもりが立候補したのである。すでに仕事内容もわかっているので、本当にラッキーなタイミングだったと思う。

『じゃ、夏休みにこっち来るって話はどうなるんだ』

「……それなんですけど、できれば今のうちにお金稼ぎたいんですよ。ほら、就活長引いちゃったせいで、口座の残高がやばくて。あと、湊《みなと》ちゃんと卒業旅行に行く資金を貯《た》めたいなと」

『卒業旅行』

「そうです。いけませんか？」

『いや、別に。ベタだなって思っただけだ』

嘘《うそ》つき。あからさまに声のトーンが不機嫌に寄ったので、まもりも少々カチンときた。

「わかってますよ。貯めるならまず結婚資金と引っ越し代、ですよね。でもこれぐらいいいじゃないですか。葉二さんだって学生の時は行ったでしょう、卒業旅行。行かなかったって言うんですか」

『なんにも言ってないだろ、俺は』

「だいたいなんで私が移動するのが前提なんですか。葉二さんが東京来たっていいんですよ。ねえ」

『──そりゃ俺は仕事があるからだろ』

「いい加減、顔合わせの日程決めてくれって話、けっこう前にしたつもりなんですが」

今度はまもりが、冷ややかに言い放つ番だった。

いわゆる『両家顔合わせ』というやつである。

　双方の親への結婚報告がすんだら、今度は亜潟《あがた》家と栗坂家でレストランの個室にでも集まって、今後ともよろしくと挨拶をするものらしい。時期はおおむね、挙式や入籍前に行われるのだそうだ。

今時結納《ゆいのう》は省くにしても、せめて顔合わせはちゃんとやってちょうだいよとみつこに言われ、そういう文化があるとまもりは初めて知った。葉二も事情は承知していて、関係者が葉二以外みな関東にいる以上、彼が上京する時にしか開催できないのである。

葉二は、スマホの向こうで黙りこんだ。

『……それとこれとは話が別じゃ』

「別じゃない」

『もちろん時間は作る。親にも言われてる。ただ簡単にはいかねえから、その前におまえの顔見られると思って俺は結構楽しみにしてだな』

「わかりました。今日はもういいですよ。早くしないとお店が閉まっちゃう」

『なんだ、どっか行くのか？』

「スーパー行くんです！　言った通り家に食料がまったくないんで！」

明日の朝ご飯が、焼き海苔《のり》とマヨネーズだけになってもいいなら、話は別だが。

『……うん、まあ、行っとけ。明るいとこ歩けよ』

「それじゃ、失礼します」

まもりは粛々と通話を切った。

長電話で凝り固まった首を回してから、買い物の支度をしてリビングを出る。

（ほんともう、なんでこうなるかな）

はたしてズボラなわたしが悪いのか。仕事人間の葉二が悪いのか。たぶん双方改善の余地ありだ。

離れていても続くようにと、二人でルールまで作ったのに、現実はなかなか思うようにはいかないようだ。

五〇三号室のドアを開けると、まだ生暖かい夜気が肌にまとわりついてきた。

とにかくやることを済ませて帰ってこようと、キーケースの鍵を取り出していたら、隣の部屋の前に、何やら変なものがうずくまっていた。

見かけの年齢は、まもりと同年代か少し下ぐらいか。小綺麗《こぎれい》な紺のポロシャツに真新しいデニム姿で、斜めに背負ったボディバッグも含めてそこそこ良《い》いものを身につけている。一見して育ちの良さそうな、学生風の青年だ。

確か葉二にかわって五〇二号室に越してきた、新しいお隣さんである。

彼はまもりと同じように部屋の鍵を取り出して、そこで力尽きたように片膝をついてしまっている。

「だっ、大丈夫？　福武君！」

「……いやほんと、大丈夫です。マジすみませんマジで……う」

顔面蒼白《そうはく》のまま言われ、大丈夫じゃないでしょと思わず叫んでしまった。

＊＊＊

福武夏癸《なつき》、十九歳と七ヶ月は絶望していた。

（かっこわりい）

本当に格好悪い。格好悪いにもほどがある。

「……道隆《みちたか》。俺はね、単にうんざりしてたんだよ」

「そうだな。毎日二時間半の通学はしんどいってよく言ってたな。聞いてるよ」

「そうなんだよ、片道だけで二時間半だよ。往復すりゃ五時間。満員のバスと電車乗り継いで。突っ立ってる。マジ時間の無駄。人生の浪費」

「ああもう何度も聞いた」

通っている大学の学食で、食事もとらずに愚痴をこぼすぐらいには絶望していた。

テーブルに突っ伏す夏癸の目の前では、友人たちがマイペースに定食やうどんをかきこんでいる。特に小野田《おのだ》道隆は、元柔道部で非常によく食べる。城南の自宅から、さくっと電車一本で通学してくる都民様でもある。

一方夏癸の実家は、千葉《ちば》県は茂原《もばら》の奥地にあり、東京池袋《いけぶくろ》にある律開大学《りつかいだいがく》には、複数の交通機関を乗り継いで二時間半かかる。この距離が微妙なもので、下宿するほどではないが、乗り継ぎに失敗すると家族の迎えしか帰還手段がなくなる辺鄙《へんぴ》具合だった。

一日の大半を家と大学の往復に費やし、常に終電終バスを気にしてバイトもサークル活動もろくすっぽできず、それでも一年は耐えて通学してきたのだ。

しかしここにきて、ただでさえ不便だったバスがダイヤ改正で減便となり、夏癸は決心した。

俺は家を出る。もっと大学に近いところに一人暮らしをさせてくれと、キレ気味に訴えたのである。ちょうど春休みの話である。

「まあでも、夏癸んとこの家も甘いよね。それで都内の広くて綺麗《きれい》なマンション、ぽんて借りちゃうんだからさ」

そっけなく言い放ったのは、同じく友人の斎藤知帆《さいとうちほ》だ。売店で買ったヨーグルトの蓋を、慎重にはがしている。ちなみに道隆の彼女でもある。

「……俺は別に、もっと普通のアパートで良かったんだ。ただ木造は駄目だ鉄筋じゃなきゃ危ないって、ハハとアネたちが騒ぐから仕方なく」

「でもさあ、なんでそんないつも顔色悪いの夏癸は。変なダイエットでもしてる？　朝礼でバタバタ倒れる女子中学生みたいだよあんた」

「女子中学生じゃない。ダイエットもしてない。ヒゲもちゃんと生える」

「じゃあなんでお昼食べないの」

「……今月の引き落としが無事すむまで、金が下ろせないから」

「このドンブリ会計坊ちゃんが」

一年の頃から寮住まいの知帆は、手加減というものを知らなかった。道隆も、よくこんな恐ろしい女子とつきあっているものだと思う。

しかし仕送りとバイト代から、家賃光熱費と通信費を引いてさらにいつものように服を買ってゲームに課金すると、あっという間に金が尽きることにはびっくりしていた。いまだにキツネにつままれたような気分になる。

「……財布厳しいならさ、真面目に自炊したら？　たぶん健康にもいいよ」

「無駄だ知帆ちゃん。こいつにそんな高等テクがあると思うか」

「ああそうか。じゃ、死ぬね。そのうち栄養失調で死ぬか、立ちくらみで打ち所が悪くて死ぬね。その前に実家帰った方がいいかも。電話してあげようか」

「……あんまりいじめるなよもう……」

夏癸は何度目かわからないため息をつき、スマホを取り出す知帆を制止した。

実際、なんとかしないといけないというのは、夏癸が一番よくわかっているのである。

「……昨日もさー、お隣の人に見られて心配されて、めっちゃ気まずかったんだわ……」

「なに、例の非実在隣人？」

「え、なになに。どういうこと」

知帆が身を乗り出す。

道隆が、そんな野次馬根性丸出しな彼女に、耳打ちをする。

「ずっと空室だと思ってた五〇三号室にな。実は住人がいたんだとさ。しかも夏癸好みの癒やし系の美人」

「うはー、妄想じゃないの」

「俺もそれを疑ってた」

「妄想じゃない。栗坂さんだ。栗坂まもりさん！」

夏癸は反論した。昨日ついに、下の名前も判明したのである。

漢字でもカタカナでもなく、ひらがな三文字でまもり。栗坂まもり。聞いた瞬間、優しげな彼女の雰囲気にぴったりだと思ったものだ。

「……しかもその人さ、単なる雰囲気だけじゃなくて本当に優しいんだよ。わざわざ部屋戻ってペットボトルの水と冷えピタ持ってきてくれて、『これぐらいしかなくてごめんね』とかむちゃくちゃ謝ってくれてさ。なんで謝るのよもう。神か。女神か」

「とりあえず実在しているらしいことはわかった」

「だいぶ極まってるみたいだけど」

うるさい黙れ。

彼女がその時くれたのは、プライベートブランドの安いミネラルウォーターだったが、暑さで熱中症気味だった夏癸にとっては命の水だった。一緒にくれた冷えピタはもったいなくて使えず、まだリビングのカウンターの上に飾ってある。

「で、それからどうしたの夏癸は」

「へ？」

知帆に尋ねられ、夏癸は目を丸くした。

「だから親切にしてもらって。お名前も聞かせてもらって。それで？ スマホの連絡先を聞くなり、お礼に食事でもどうですかってデートに誘うなり、やるこた色々あったでしょうが」

「でっ、できるわけないだろそんなこと！」

「馬鹿ぁ！」

「うるさいドン引かれるわ！」

本当に、どうかしている。ありえない選択肢を口にするんじゃないと言いたい。

「……駄目だー、道隆。こいつマジであかんかも」

「斎藤の基準で駄目出しされてもな……」

夏癸が空《す》きっ腹《ぱら》を抱え、気を紛らわすように伸びをした時である。

さすがに夏癸も、『俺、夢見てる？』と一瞬我が目を疑ってしまった。

何せあの時夏癸を助けてくれた女神――五〇三号室のお隣さんが、学食の混み合った通路を歩いてくるのだ。

彼女は食べる場所を探しているのか、自前のランチバッグを片手に、きょろきょろとあたりを見回している。

うなじのラインが見える、焦げ茶色のショートボブ。色白で優しげな顔だちに、ペールブルーのサマーニットとベージュのスカートがよく似合っていた。

「く、栗坂まもりさん！」

向こうも夏癸の声に気づき、振り返った。

「あれ、もしかして福武君？　体調大丈夫？」

間違いない。本物だった。

その女性が夏癸の恩人であると察した、友人二人の対応は早かった。

「お昼これからですかー？」「良かったらここどうぞ」「席一つ空いてるんで」「どうぞどうぞ遠慮なく」と、学食が混み合っているのをいいことに、いっせいに荷物をどかし、まもりを夏癸の横に座らせてしまったのである。信じられない。

今、彼女は自分の弁当箱の蓋を開けながら、「同じ大学だったんだねえ」とニコニコしている。重ねて言うが信じられない。

「ほんと、奇遇ですよね。なあ夏癸」

「で、ですね」

「これは何かの縁があるとしか思えない。なあ夏癸」

いちいち話を振らないでくれ、道隆。そしてテーブルの下で脛《すね》を蹴らないでくれ、知帆も。そんなに気の利いた台詞《せりふ》が、ほいほい出てくるなら苦労はしないのだ。

「二人とも、福武君の友達なの？」

「はい、そうなんです。俺は小野田道隆。夏癸と同じ法学部です。知帆ちゃ……斎藤だけ別で。一年の語学のクラスが一緒だったんです」

「で、私と小野田がつきあってます」

「はは、なんかわかる。わたしもそういう感じの友達いるよ」

まもりは懐かしそうに頷いた。

「わたしね、今年の前半は就活で東京にいないことの方が多かったんだ。だから福武君に挨拶とか、全然できなくて。ほんと感じ悪いお隣さんでごめんね」

「と、とんでもないです」

まもりいわく、文学部の日文専攻で、現在四年生だとのこと。二個上。年上。全然いけると、不純なことを考えはじめる自分の思考もどうにかしたい。

道隆が、うさんくさい好青年モードを維持しながら探りを入れ続ける。

「それじゃ今はもう、就活の方は落ち着かれた感じですか？」

「うん。苦労したけどどうにか」

「おめでとうございます」

「ありがとう」

すかさずパチパチと道隆が手を叩《たた》き、夏癸たちも後に続く。テーブルに三人分の拍手が鳴り響き、まもりははにかんだ笑みを浮かべた。

一方知帆は、彼女が広げている弁当箱が気になるようだ。

「ねえ栗坂先輩。そのお弁当って、先輩が作ったんですよね。すごい綺麗でおいしそう」

確かに言われてみれば、女子向けの小さなランチボックスに、鶏《とり》の唐揚《からあ》げや卵焼き、マカロニサラダや混ぜご飯などが彩り良く配置されていて、いわゆるキャラ弁ではないが、非常に食指が動く弁当だった。

「あ、これ？　これはね、最近適当にやりすぎて彼氏に叱られちゃったから、ちょっとがんばってみたんだ。待ってね」

――おい。今、なんて言いました？　カラシがなんだって？

とっさの現実逃避で難聴のふりをするが、まもりは食べる前のお手製弁当を、スマホのカメラにおさめている。

「これでよし。いただきまーす」

「写真、彼氏さんに見せるんですか？」

「そう。神戸から見張られてるんだよ。もーうるさいのなんのって。これで文句あるかーって感じ」

やっぱりいるのか、彼氏。はは、そりゃそうだよな。こんなに可愛いんだから。いない方がおかしい。というか死んでしまいたい。

夏癸がショックのあまり、口から魂魄《こんぱく》をはみ出させる一方で、知帆はまもりから卵焼きをお裾分けしてもらって「うわ、めっちゃうま！」とはしゃいでいた。

「面倒だけど、一回漉《こ》すとふわっと作れておいしいよ」

「ほんとに料理上手なんですね。ソンケーします」

「それ大げさ」

「大げさじゃないですよー。ほんとすごいと思う。ねえ栗坂先輩。すっごい厚かましいお願いなんですけど、良かったらうちらに、料理の仕方とか教えてもらえませんか？」

「え、わたし？」

「そう。私、そろそろ寮出て小野田と暮らすつもりだから、自炊きわめたいんですよ。それに夏癸の奴《やつ》、家事能力ぜんぜんなくて、このままじゃ栄養失調まっしぐらなんです。先輩が教えてくれたら覚えるかも——むぐ！」

夏癸は全速力でテーブルを回り込んで知帆の口をふさぎ、身柄を拘束したまま食堂の隅へ移動した。

「何すんのクソ坊ちゃん！」

「こっちの台詞だ斎藤千帆、聞いてないぞ同棲《どうせい》するとか料理覚えたいとか」

「それはたまにそういう話が出るってだけで、まだ全然本決まりじゃないし。だいたいなんでもかんでもあんたに話すわけないでしょ」

「だからってな」

「こっちはね、あんたの恋に協力してあげようっていうのよ？　なんで責められなきゃいけないのよ」

「馬鹿言うなよ。彼氏いるって聞こえなかったのか？」

「だから？」

顔をつきあわせた押し問答の中、知帆が言い放った。

So what?

であるからなんだと放言した。

「……おま、おま」

「相手いるったって遠距離だし、面倒そうな感じだし、夏癸が立候補する余地は充分あると思うわけよ。ほら、いっちゃえ」

夏癸は絶句した。

知帆はそんな夏癸の肩を笑って叩き、元いたテーブルへ戻っていく。

「というわけでー、どうでしょう栗坂先輩！」

明るくお伺いをたてられたまもりは、やや思案げに目を伏せ——ふっと絶妙なやわらかさで相好を崩した。

「そうだね。教えるってほどじゃないけど、みんなでなんか作ってみようか」

「やった」

知帆が手を叩いた。そして、夏癸にだけ見える角度でドヤ顔をさらした。

——斎藤知帆よ。おまえはなんて恐ろしい肉食系女なんだ。


問題のお料理教室は、週末の日曜日、夏癸が暮らす五〇二号室で執り行われることになった。

当日夏癸は、入居以来初という勢いで、部屋という部屋に掃除機をかけまくった。

「なあ夏癸ー、この洗濯もんは、ここに盛ったままでいいのか？」

リビングの埃《ほこり》をガーガーと吸い込んでいたら、道隆が聞いてきた。ソファの端に積んである、服の山のことらしい。

「いいわけないだろ！」

「だよな。なんか臭そうだしな」

「洗濯はしてある！」

ただ少し、畳む気力がなかっただけだ。すかさず回収し、やはり畳んでいる暇がなかったので、クロゼットの中へと押し込んだ。

「よし」

「それより夏癸ー！　なんなのよこれ！」

今度はなんなのだ。

知帆が、キッチンの冷蔵庫を覗《のぞ》き込んでいた。

「なんか変か？」

「あんたねえ、こんな馬鹿でかい冷蔵庫買ってもらっといて、コーラとカニかましか入ってないってどういうこと？　豆腐の賞味期限切れてたから捨てたからね」

「そりゃどうも」

「あとさ、鍋とヤカンは見つけたけど、フライパンどこなの？」

「ない」

「ないぃ？」

そんなに変だろうか。

「あんた今までどうやって暮らしてたの」

「どうやってって……ヤカンでお湯が沸かせて、カップ麺が作れれば、おおむね問題ない感じできたから……」

部屋にある調理器具らしきものは、どれも入居時に引っ越し祝いと言って、母&姉たちが置いていったものだ。新品のパスタ鍋らしきものもあったが、一人で使うには大きすぎてほとんど使っていない。あとはレンジの温め機能だけで生きてきたといっていい。

「もーいや。この坊ちゃんが」

「その言い方やめろよ」

「というかさ、これから料理習おうっていうのに、ここまで何もなくてどうすんの」

それはそうかもしれない。

「……どうしよう。やっぱりまずいか」

「ったくもー、今からひとっ走りして揃《そろ》えるか……？」

知帆が難しい顔でぼやいた時だった。

ピンポンと、部屋のインターホンが鳴り響いた。

——来た。ついに本命のご登場だ。

夏癸がリビングのモニターを覗くと、まもりが近所のスーパーのビニール袋を提げて、にこにこ笑って立っていた。

「ど、どうも！」

『こんにちはー、栗坂です。入れてください』

「もちろんです！」

是非もない。インターホンの受話器を置き、ダッシュで玄関へ向かう。

ドアを開けると、モニターと寸分変わらぬ彼女が笑っていたから感動してしまった。

「ごめんね、遅れちゃって」

「とんでもないです。あ、お荷物お持ちします。どうぞ入ってください」

「優しいなあ、福武君」

会話だ。ちゃんと会話をしている。

たまに見かけるだけで眼福だと思っていたのに、こうして部屋に招待できているのだから夢のようだ。

問題の部屋の方も、なんとか見られるレベルには片付いていた。

「どうも栗坂先輩。今日はいっちょお手柔らかにお願いしますね」

「あの、初めに謝っておきます。夏癸の馬鹿野郎、家にフライパンすら置いてませんでした」

道隆と知帆が、そろってまもりに話しかけた。しかし知帆よ。いくらなんでも言い方が率直すぎないか。

「冷蔵庫の方も、ほぼ空です」

「あはは、いいよいいよ。材料は持ってきたし、たぶんなんとかなる」

「え、ほんとに?」

　まもりが鷹揚《おうよう》にうなずいたので、かえって知帆は困惑顔になった。

　彼女はこちらに断りを入れて冷蔵庫の中を覗き、鍋ヤカンその他の位置も確認して、

「うん、思ったよりあるじゃん」とのことだった。いったいどちらが本当なのだろう。

「ちなみに今日は冷やし中華作ろうと思うんだけど。嫌いな子いる？」

　夏癸たちは全員、首を横に振った。むしろ夏癸自身にとっては好物の部類だった。

「ふだん作る？」

　夏癸はもちろん皆無だったが、知帆も道隆も積極的には頷《うなず》かなかった。

「なんで？」

「いや、なんでって言われても……コンビニで買ったり、親が出すのを食ったりはしますけど」

「具材用意するのが、地味に大変っていうか……」

「そうだよね、わかるわかる。面倒だよね。全部細かく切らないといけないし」

「あと錦糸卵。あれ作るために、わざわざうっすい卵を焼いたりするのが手間で……あっ、やばいフライパンない！」

「大丈夫。だから今回のコンセプトはずばり、『フライパンと包丁を使わない！』冷やし中華なんだ」

まもりの熱弁と言っていいプレゼンに、一同ぽかんとした。

それは――可能なのか？

「あっ、信じてないね。あのね、自炊なんて面倒くさって思った瞬間から続かなくなるんだよ。包丁とまな板出すの嫌ー、洗い物が面倒ー、そういうとこからやる気はしぼんでいくの。アサガオみたいに簡単にしおれるの。だからそういう要素はどんどん省いちゃって、自分を甘やかして、楽においしいもの食べよう！　一ミリでもより楽ちんに！　はい復唱して」

「自分を甘やかして、楽に……おいしいもの食べよう」

「一ミリでもより楽ちんに……」

「そうそうその調子。じゃ、みんなで作ろうか！」

果たしてポジティブなのかズボラなのかわからない号令のもと、まもりは持参のエプロンを身につけた。

まず彼女は、カウンターに持ち込んだ食材を並べた。

「えーっと、栗坂先輩」

「なに、小野田君」

「今日のメニューは、冷やし中華だとかおっしゃってませんでしたか」

「そうだね。言ったよ」

「もしかしてモノを間違えましたか。これ、サッポロ一番の袋麵すよね」

「うん、今日は醬油《しょうゆ》味のにしてみたよ」

「だから」

「──小野田クン」

まもりは神妙な顔で、横から口を出す道隆を見上げた。

「いい？　冷やし中華用の生麵はね、賞味期限が短い上に冷やし中華にしか使えないの。でもインスタントのサッポロ一番は長持ちする上に、なんとラーメンと冷やし中華に使えるの。どっちが有用だと思う？」

「……それはその」

「普通に考えたら袋麵のサッポロ一番だよね。だから自炊でラーメン食べるなら、カップ麵と一緒に袋入りのインスタントラーメンも常備しといた方がいいと思うよ。コスパで考えるなら断然お買い得だし。それじゃ福武君、今から麵を茹《ゆ》でるから、お鍋にお湯沸かしてくれる？」

夏癸がぼんやり突っ立っていると、まもりはにっこり笑って繰り返した。

「福武君、お湯。もしかして聞こえなかった？」

「い、いえ！　聞こえました！」

「みんなでやるから、てきぱきいこうね」

夏癸は慌ててパスタ鍋を取りに走り、流しで水をためてガス台にかけた。

これでいいかとまもりを振り返れば、彼女はすでに関心を他に移していた。

「次は具の準備ね。まずはお肉系からいこう。これも庶民の味方だ——鶏胸肉《とりむねにく》！」

まもりはビニール袋から、コンテナ容器に入った鶏胸肉を取り出した。さらに塩コショウの瓶、蓋付きのコップ酒まで持ち込んでいた。

「この中で塩コショウの下味つけて、お酒を一回しぐらい振りかけるの。で、ふんわりラップしてレンチンする。斎藤さん、やってくれる？」

「もしかして蒸し鶏作るんですか？」

「うん、その通り。楽だしおいしいよ」

「楽なら別に、ハムとかでもいいんじゃないですかね」

「それだと包丁とまな板がいるじゃない」

「……ああ」

「これはいったん作っちゃえば手で裂けるし、同じ値段でハムよりいっぱいできるし、余った分は次に回してサラダにもおつまみにも、なんでも使えて便利だよ。というわけで斎藤さん、お願いね」

「……わかりました」

まるで神器を託されたように神妙な顔で、知帆が容器の胸肉に塩コショウをすりこんでいる。どうもまもりの指示には、やわらかいなりに妙な強制力があるようだった。

「終わった？　ありがとう。じゃ、これレンジOKのコンテナだから、このまま蓋付けてレンジかけちゃって。表で三分、裏に返して三分。粗熱取れたら手でほぐすとこまでお願いねー」

あの知帆が、一見おっとりとした雰囲気のまもりに、言葉は悪いが『こき使われて』いる。珍しい光景にもほどがあった。

「ほーら、福武くーん。ぼーっとしてないで、お湯沸いた？」

「あ、も、もうちょっとです」

「そう。じゃ、沸いたら小野田君と一緒に麺を四人分茹でてくれる？　表記の時間よりちょっと少なめで。できたらザルに取って水で締める」

「……わ、わかりました」

「迷ったら小野田君に聞きながらやりなー。片付けしながらだと早く終わるよ」

夏癸と道隆は、お互い顔を見合わせ、まもりに指示された通り袋麺の包装を開けていく。

「……なんか緊張するんだけど」

「夏癸の女神様は、けっこう仕切るタイプでしたとさ。ギャップで幻滅したか？」

「……いやまあ、これはこれで新鮮というか……」

「ちょっとごめんねー」

いきなりまもりがやってきて、夏癸たちが麺を取り出した袋から、スープの小袋を回収していった。

もしや会話を聞かれたかと肝が冷えたが、そういうそぶりはないようだ。彼女は流しの下から発掘したボウルに、小袋のスープをさらさらと流し込んでいる。

「二人でスープ一・五人前ぐらい使うから、四人なら三袋でちょうどいいのかな。お酢と、お砂糖と、ゴマ油と、あとお水を足して、冷蔵庫で冷やしておきます」

同時にパスタ鍋の湯も沸いて、まもりに言われた通り、四角い乾麺を四人分茹でた。

「確か表記より短めがいいんだよな……こんなもんか。夏癸、ザルは？」

「ザル？　えーっと、鍋の付属についてたやつがあったと思う。これだ」

「んじゃ、移すぞ」

もうもうと湯気があがった四人分の麺は、白く縮れてけっこうな量だった。ここに来て初めて、大きな鍋とザルが役に立ったかもしれなかった。

「俺は今、生まれて初めてサッポロ一番を水で洗ってるぞ」

「別に溶けたりしないもんなんだな」

そうして縮れたインスタント麺は水道水で締められ、夏癸たちのノルマも終了となった。

「終わった？」

「こちらに」

「ようし。なら次はお野菜を洗おう！」

引き続き彼女が出した指示は、ビニール袋に入っていたレタス一玉を洗うことであった。

「お水切ってから、食べやすい大きさに千切ってね」

「キュウリじゃ……」

「ないよ、福武君。キュウリじゃ包丁使わないといけないでしょ」

さようでございますか。

なんだろう。確かにここまで包丁もフライパンも使わずにきているが、いわゆるゲーマーで言うところの縛りプレイに付き合わされている気がしないでもない。まもりに限って気のせいだと思いたいが。

「本当はプランターからベビーリーフが収穫できると、千切る必要もないからもっと楽なんだけどね。まあしょうがないか」

　夏癸たちは言われた通り、レタスを洗って水切りし、適当に千切った。レタスは半分ぐらいでも、かなりのボリュームだった。

「はい、ここまできたら麺をお皿に盛ります。水切りして四つに分けて、レタスも盛ります。斎藤さーん、蒸し鶏はできたー？」

「はい、ここに」

「ばらばらっと景気よくまいちゃって」

　知帆が持ってきたコンテナには、ここまで一人で裂き続けた鶏胸肉が、大量に入っていた。

　わしづかみで蒸し鶏を盛り付けている知帆を見て、道隆が感嘆の声をあげた。

「やべ、うまそう」

「まだまだこんなもんじゃないよー。せっかく安くあげたんだから、色々入れようね。あ、そうだ福武君。冷蔵庫にカニかまあったけど、あれも入れちゃっていい？」

「だ、大丈夫ですよ」

「やった。彩り彩り。というわけでお願い」

　まもりは満面の笑みで夏癸を見た。おまえが取りに行くんだよという圧を感じた夏癸は、冷蔵庫へ走って残り四本のカニかまぼこを進呈した。

「ありがとう。じゃ、小野田君と一緒に裂いて周りに散らしてね」

まあいい。今日は年上のお姉様の指示で、縛りの多い謎料理を作る日なのだ。指示を出すのがまもりなのだから、こき使われるのもご褒美だ。

全体的に黄色と黄緑に寄っていた皿が、夏癸たちがまいたカニかまのおかげで差し色が入り、劇的に華が出た。

「うん。ほら、紅白で豪華になったじゃないの」

それにしても、頼むのがうまい人だ。

「……栗坂先輩って」

「ん？」

「いや、先輩はバイトとか何やってらしたんですか」

「アルバイト？　本屋と古本屋だよ。どっちも小さいとこだけど」

飲食関係なし。カンが外れた。

「最後は卵ね。みんなが言う通り、錦糸卵は作るのがものっすごく面倒で洗い物も沢山出るので、かわりに温泉卵にしようと思います。必要なのはこれ！」

まもりが用意したのは、夏癸が棚にしまっておいたマグカップだった。よりにもよってゲーセンの景品のやつ。

「ここに卵を割って入れて、かぶるぐらいまでお水を入れて、白身が白っぽくなるまでレンジで加熱ね。爆発しないように、黄身にちょっと楊枝《ようじ》で穴を開けるのがこつだよ」

卵を割るところまでやってから、はいとマグカップを渡してくる。言われた通り軽く楊枝でつついてから、電子レンジに入れた。

「最初は四十秒ぐらいに設定して、様子みながらちょこっとずつ加熱してくといいよ」

「わ、わかりました」

そうして何度か加熱しては取り出してを繰り返していくと、最後は確かにゆるく固まった、温泉卵らしきものができあがった。

まもりはカップの水を捨て、具がのった皿の中央――千切ったレタスとカニかまのへこみに、ぽとんと落とした。

「どう？　冷やし中華っぽくなったでしょ」

うおー。

夏癸たちのテンションは一気に上がった。

「仕上げに冷蔵庫で冷やしておいたタレを回しかければ、『フライパンと包丁を使わない！』冷やし中華のできあがりなんですよ」

「すごいすごい、早く食べたいですよこれ」

「福武君。残り三人分の温泉卵、同じやり方で作ってくれる？」

「あ、はい。わかりました」

「――ごめんね。本当なら四人分お鍋でいっぺんに作っちゃった方が効率いいんだけど、福武君がこの先やるなら、こっちの作り方だと思うんだ」

夏癸がおぼつかない手つきでマグカップに卵を割り入れていたら、まもりが申し訳なさそうに言った。

こちらを見る目が、本当にすまなそうだったから、夏癸は自分の勘違いに気がついた。

（――馬鹿）

何がゲームの縛りプレイだ。何が謎料理だ。ほんの一瞬でもそう思った自分を、三回ほど殺したかった。彼女は本当に、夏癸がこの先一人で生活していくための技を、一つでも多く授けようとしてくれていたのだ。

ちゃんと覚えようと思った。

何を教えてもらった？　これは一人用の温泉卵。安くたくさん作れる蒸し鶏のレシピに、コスパのいい袋麺の利用法。洗い物を減らすこつ。全部みんな大事なことだ。

「それじゃあ、残りの人はお片付けとテーブルセッティングねー」

まもりの呼びかけが響き、夏癸はレンジのタイマーを四十秒にセットしたのだった。

部屋にはダイニングテーブルにあたる家具がないので、カウチソファ前のローテーブルに集まっての食事タイムとなった。

「サッポロ一番醤油《しょうゆ》味のいいところは、デフォでスパイスがついてるところなんだよね」

温泉卵の上に、付属の特製スパイスを振りかけながら、まもりはご機嫌だった。

「本当に冷やし中華になったかどうかは、実際に食べてからのお楽しみってことで。いただきまーす」

いただきます！

夏癸たちも箸を取り、皿に山と盛られた具と麺を口に入れた。

ハムに錦糸卵にキュウリの細切りと、定番の具に馴染《なじ》んだ人間には、やや驚きのある組み合わせだったが、食べてみたら違和感はまったくなかった。

（あ――これ、すごいうまいや）

少し硬めの縮れ麺は、確かに生麺とは喉ごしが違うが、これはこれで歯ごたえがあって食いでがある。もともとの醤油味をベースに、甘酸っぱい酢とゴマ油のコク。味としては完璧に醤油ダレの冷やし中華だ。錦糸卵のかわりの温泉卵が、麺と蒸し鶏に絡んで濃厚さを増していいるのも嬉《うれ》しい。夏癸がマグカップで作った温泉卵だ。

千切って投入したレタスは、とにかくボリューム満点。彩りに加えたカニかまは、ぷりぷりとした食感と魚介のうまみとして貢献してくれた。

「うん、これはカニかまも入れて大正解かも」

「かもじゃないですよ、めっちゃおいしいですよ先輩！」

「いやマジで。蒸し鶏もレタスも温玉もはまってるっていうか」

「なんでこれが冷やしの基本じゃないのかってぐらい！」

知帆と道隆の大絶賛に、まもりは丸顔をほころばせた。

「よかった。気に入ってくれたら嬉しいよ」

「今回はサッポロの醬油味でしたけど、味噌《みそ》とか塩味でも作れますよね。メーカー変えればトンコツとか」

「もちろん。色々工夫してアレンジできると思うよ」

「よっしゃ。やろう。絶対作ろう。卵も蒸し鶏もみんな簡単だったし」

知帆が鼻息あらく、決意を固めている。

「夏癸！　あんたもこれぐらいなら覚えられそうじゃない？」

「俺は……うん。たぶんなんとか」

「福武君。べつにね、最初からきちんと全部やろうなんて思わなくていいんだよ。できそうなもの、今あるものに、ちょっとだけ手を加えるところから始めればいいから。難しく考えないでね」

まもりの笑顔と言葉がまぶしかった。

夏癸は、あらためて自分の皿に視線を落とした。

かなりバタバタしてしまったが、なんだかんだと言って、ちゃんと腹を満たす一食になった。そういう冷やし中華だ。

「こういうんでいいんですか」

「そうそう。こういうのでいいんだよ。充分充分」

ああ。やっぱりこの人、すごい——好きかもしれない。

夏癸が胸を熱くする一方で、まもりは目を伏せ、小さくため息をついた。

「ほんとにね……やればできるんだよね。やれば」

——あれ、と夏癸は一瞬、違和感を覚えた。

その時の彼女の呟《つぶや》きは、今までの明るいふるまいとは違い、なんだか少し憂鬱そうに見えたのだ。

＊＊＊

その日の夜。まもりが風呂から上がって寝室に入ると、ベッドサイドに置いたスマホの通知ランプが光っていた。

（お、葉二さんかな）

アプリに新着あり。開いてみたら、神戸のベランダの写真だった。

葉二『金時豆蒔《ま》いたぞ』

まもりが前に、蒔いてくれと頼んだものだろう。

そっけない一言と、黒々とした真新しい土が詰まっているだけのプランターという組み合わせがなんともおかしくて、まもりは笑ってしまった。


まもり『土だけじゃなんだかわからないですよ』

ちょうど葉二も近くにいたようで、書いた直後にレスポンスがあった。

葉二『蒔いたもんは蒔いたんだよ。疑うってのか？』
まもり『誰もそんなこと言ってませんよ。怒らないでくださいよ』
葉二『は？　いちゃもんつけたのはそっちだろうが』

いや、つけてないってば。なんでこれぐらいのことで、けんか腰なのだ。

（それとも怒ってないの？）

葉二はもともと口が悪い。大層悪い。それが文字として形になると、余計にきつさが際立つ気がした。実際には単なる言葉のあやだったとしても、本気で受け止めて傷つきそうになるというか。

これが対面か、せめて声が聞けると印象もだいぶ違うのだが。

まもり『ごめんなさい』

仕方なくまもりは、相手が怒っている場合にそなえて、謝罪の言葉を書き込んだ。

思ってもいない言葉を書くという意味では、まもりも葉二と同じかもしれない。

葉二『おまえの写真も見たけどな、なんかあったのか？』

まもり『どういうことですか？』

葉二『まもりにしちゃ、わりと人間らしい飯が続いてるから』

──怒るな、怒るな。これが葉二だ。

字面通りに受け取るなと言い聞かせるが、こめかみが少々ひくついてしまう。

まもり『ちゃんと食べろって言われたから、がんばってるんですよ』
葉二『へえ。それでサッポロ一番の冷やし中華ってか』
まもり『いけませんか？　あのメニュー、葉二さんが作った中でも簡単だったし、後輩の子たちに教えてあげたんですよ』
葉二『後輩？』

そういえば、葉二にちゃんと説明はしていなかったかもしれない。

まもりは、ここ最近あった出来事を、簡潔にまとめて書き込んだ。

まもり『五〇二号室の福武君が、わたしと同じ大学だったんです。で、彼とお友達も一緒に自炊教室やったんですよ』

まもりは証拠として、昼間に撮った写真も続けて上げた。

食べ終えて空になった冷やし中華の皿と、顔を寄せてピースする後輩三人の図。まもりは写真を撮った側なので、この中には入っていない。

葉二『どれ、福武って』

まもり『右端の子です。真ん中と左端が、斎藤さんと小野田君』

葉二『顔色悪そうな奴《やつ》か』

まもり『いま二年生なんですって。なんか三人とも、聞いてると共通点多くて笑っちゃいました。斎藤さんなんて、なんと湊ちゃんがいた学生寮に住んでるんですって。すごい偶然だと思いません？』

まもりとしては、結構なニュースのつもりだったが、書き込みは既読になったものの、反応はなかなか返ってこなかった。

別にそんなに騒ぐほどのことではないのかもしれない。

自分が面白いと思ったことが、うまく伝わらないのは少し寂しいけれど。

まもりは続けて、こう書いた。


まもり『最近気づいたんですよ。ご飯って一人で食べると味気なくて、誰かがいた方がおいしいしやる気になるって』

もっと言うなら、あなたと食べられないのが、一番つまらない原因かもしれない――。

けれどつれない彼氏の言葉は、相変わらずつれなくて。

葉二『手抜きの言い訳に使うなよ』

そんな感じのそっけない一言が、吹き出しの形で表示されるだけだったのである。ちくしょう、負けるもんか。

たとえば新しい洋服を選ぶ時。スニーカーや自転車でもいい。とにかく店に置かれた大量の商品の中から、『これ』というものを選別する目は、いったいどうやって養ってきたのだろう。夏癸があらためて考えてみても、よく思い出せないのだ。

(……やばい。みんな同じに見えてきた……)

イコールそれは、ド素人の証拠。

自炊ド素人である福武夏癸は、スーパーの陳列棚に並ぶ、大量の鍋やフライパンを前に立ちすくんでいた。

一般に目利きになるには場数を踏むのが必要と言うが、そんなに鍋や釜を買うことに経験を積まないといけないのだろうか。初回で当たりを引ける気がまったくしない。

(あっちはテフロン加工。こっちはマーブル加工。サイズもなんかいっぱいあるぞ。ステンレスとアルミってこの場合何が違うんだ?)

「何か探してるの?」

振り返ったら、片思いの女性《ひと》だった。

「く、栗坂先輩！」

「やっほう」

まもりが微笑《ほほえ》んだ。手には、歯磨き粉だけが入った買い物カゴをさげていた。

「なんか困ってる感じに見えたんだけど。気のせい？」

「…………いや。実はその、もうちょい小さい鍋が欲しくて」

「お鍋？」

「はい。今あるパスタ鍋、一人で使うにはでかすぎるっつーか……」

「え。って、もしかして、ずっとあれだけ使ってたの？　それは大変だったでしょ」

「どうでしょう。俺にはよくわからなくて」

「買い足すのは賛成だよ。だったらこれとかどう？　小さめの炒《いた》め鍋」

まもりは背伸びをして、棚から一つ商品を取り出した。

それは鍋というには底が丸く、フライパンにしては深さがある、取っ手が一本の中華鍋に似ていた。

「これ一個あれば、カレーやラーメンが作れるし、炒め物ももちろんできるし、フライパンとして目玉焼き焼くのも余裕だし。いま小鍋もフライパンもないなら、こういうテフロンの炒め鍋があるといいんじゃないかな」

「せ、先輩のお薦めなら買います」

「あはは。わたしとお揃《そろ》いだね」

どきりとした。

お揃い。先輩と一緒。意味深なことを言わないでほしい。たとえ鍋だろうと、ペアはペア。今夜は抱いて寝る——血迷いそうな自分が怖い。

まもりは夏癸を見て、少しまぶしそうに目を細めた。

「でも福武君、ちゃんとお買い物してて偉いよ。自炊がんばってるんだね」

それは夏癸が買い物カゴに入れている、袋のインスタントラーメンや卵パックを見て言っているようだった。

今度は別の意味で、顔が熱くなった。

「いや……ほんと、見よう見まねなんですけど。先輩がハードル上げる必要ないっていうから、カレーのレトルトに温玉つけたり、袋売りのカット野菜に蒸《む》し鶏《どり》でサラダにしてみたり、そんなとこからはじめてます。ぜんぜん、大したことしてないです」

「それ、充分すごいよ」

「やってみたら、けっこうはまるっていうか面白いんです。たまに失敗しても、食っちまえば一緒で後腐れもなくなりますし。俺が生きてくのに必要なものを、俺が作って食べるのって奇跡すぎるっつーか——だからその、なんて言えばいいかな」

かなりとっちらかっているが、なんとかこれだけは伝えなければと思った。

「つまりありがとうございます。先輩が教えてくれたおかげで、今生きてます」

夏癸のかなり支離滅裂な話を、まもりはじっと、呆れずに最後まで聞いてくれた。

そして彼女はため息をつくやいなや、いきなり己の頬を、音をたててひっぱたいた。

「く、栗坂先輩？」

「あー、もう。我ながら情けなさすぎ！」

何事かと思った。

「なんなのわたし。福武君だってこんながんばってるのに、言い訳ばっかでうだうだだらだら。ふざけてるの？　なめてるの？　やる気ないって言われてもしょうがないよね」

「……先輩、あの」

「よーしわかった。今度こそちゃんとやる。一人だろうがカップ麺に逃げないし掃除もするし、ベランダ菜園だって始めるから。福武君！」

「は、はい。なんでしょう」

唐突に名を呼ばれ、夏癸は慌てて背筋をのばした。

「この後時間ある？　生もの買ってないなら、ちょっと寄りたいところがあるんだけど」

まあ夏癸に、ノーと言う選択肢があるはずもなく。

炒め鍋を購入した身ではあるが、まもりについてスーパーを出た。

彼女が徒歩で向かったのは、住宅街の一角にある洋館風のカフェ——ではなかった。その前を素通りし、隣の植物園のような施設に足を踏み入れた。

「……先輩。ここ、なんなんですか？」

「六本木《ろっぽんぎ》園芸《えんげい》だよ」

「エンゲイ？」

「お花も売るけど、造園とか苗木も扱うからね。このあたりじゃ一番大きい園芸店なんだ」

引っ越してくる時に、駅やコンビニの場所はチェックしていたが、園芸店はもちろんノーマークだった。夏癸はともかく物珍しくて、まもりの後ろを歩きながら、鉢花や定植前の苗木が大量に並ぶ様を見回してしまう。

「……い、いやでも、なんか優雅でいいですよね。家の中にお花があるとか。女の子らしいですし」

「ううん、飾るんじゃなくて育てたいの。ピーマンとか人参《にんじん》とか」

「は？」

「福武君さ、ベランダ菜園とか興味ある？」

「…………すみませんよくわからない感じで」

「窓を開ければ二十四時間収穫可能。冷蔵庫に続く第二の食料貯蔵庫。そういうの」

「ぅわあああお、まもりちゃんじゃないのおおお」

夏癸はうっと息をのんだ。

蔦《つた》と花が絡まるアーチの向こうから、両手を左右に振った乙女走りで、エプロン姿のマッチョが走ってくるのだ。

「志織《しおり》さーん、こんにちはー！」

「会いたかったわー」

しかもまもりが、マッチョなオネエと正面から抱き合っている。訳がわからない。

「いやーん、お久しぶりねまもりちゃん！　元気してた？　元気してた？　あらっ、なんか知らない男の子もいるわ。もしかして浮気？　大変よ亜潟ちゃんには内緒？」

「そんなわけないじゃないですかー。葉二さんだって知ってる子ですって。お隣さんで後輩の、福武夏癸君です」

「ど、どうも……」

「よろしくぅ、店長の六本木《ろっぽんぎ》志織よ」

「ぎゃ」

マッチョは両手を広げ、夏癸のこともひしと抱きしめた。夏癸は悲鳴をあげた。

「シャイな子ねえ」

「ごめんね、福武君。志織さん愛と緑の使者だから」

だからなんなのだ。こんなにフォローになっていないフォローは、初めてだった。

「でもどうしたのよ、まもりちゃん。何か欲しいものでもできたの？」

「そういうわけじゃないんです。でも、いい加減何か始めたくて。こっちにいる間だけでも楽しめるようなの、探しに来たんです」

「あら、そうなの。それじゃあゆっくり見ていってね。いいの見つかるの祈ってるわ」

「はい、ありがとうございます！」

志織が手を振り、離れていった。途中で首に巻いた毛皮のファーも動いた。おいまさかあれ、生きた猫なのか。

歩き回るまもりの後ろについて、トマトの苗だの茄子《なす》の苗だのといった、野菜の苗たちを見て回った。

彼女は本当に食べられる植物が欲しいようで、遠くで華やかに咲き誇っている鑑賞用の花が美しかろうと、近づこうともしない。

「ね、ちょっと来て来て福武君」

「なんですか」

「これどう思う？」

神妙な顔で手招きされたかと思ったら、ハーブコーナーだった。

「この鉢の葉っぱのとこを触ってね、指の匂い嗅いでみてくれない？」

「ゆ、指ですか」

「そう、ちょっとでいいから」

あまりにまもりが真剣なので、突飛ながらも言われた通り小さな葉の表面をなでて、その指を顔に近づけた。

「……苺《いちご》ですね。苺の匂い。苺の苗なんですか？」

わざわざ嗅ごうとしなくても、強い香りはすぐにわかった。甘酸っぱくフレッシュな、赤い果物の匂いがただよってくる。

「そう思うでしょー？　でもね、これ全然苺じゃないの。シソ科のミントなの。ミントなのに苺の香りがするの。苺って確かバラ科だよね。こんなに生の果物に近い香りがするミント、初めてだよ。ストロベリーミントって言うんだって」

「はあ……」

「でね、こっちのハーブはもっとすごいの。なんと嗅いだらコーラの匂いがするんだよ！」

キッチンで鶏胸肉を取り出した時と同じノリで、彼女は新しいハーブ苗の紹介をはじめた。

「アルテミシア・コーラプラント。これも別にコーラの原材料じゃないみたいだよ。でもきっとサイダーにこの葉っぱ載せて、目をつぶって飲んだら絶対にコーラだって思うよ。試してみたくなるよね」

見た目はひょろひょろと細い葉がのびる、線香花火のような草である。道ばたで見かけても、変わったヨモギが生えているとしか思わないだろう。

夏癸は辛抱たまらず、うつむいて口をおさえた。そうしないと、肩の震えと一緒に変な笑いが出てきそうだった。

「福武君？」

「……なんかもう、意外性狙うにもほどがありませんか。ギャップすごすぎ」

おっとり癒やし系かと思えば面倒見もよく、夏癸に手抜き料理の仕方を教えてくれ、今は園芸店のハーブコーナーで熱弁をふるっているのである。五〇三号室が空室でないと気づいた時、誰がこんな彼女を想像できただろうか。

対してまもりは、一人でうけている夏癸を見上げ、年上らしい微苦笑を浮かべた。

「福武君。わたしだってね、最初の頃は福武君と変わらなかったんだよ。何がわからないかもわからなくて、わたしよりはわかってる隣の人に教えてもらったの。毎日のご飯の作り方とか、冷蔵庫の野菜を腐らせない方法とか、そういうの。リーフレタスもベランダで育てると、冷蔵庫の使いかけレタスより長く使えるんだって知ってから、ここに来るのも好きになったの」

「その人って……もしかして先輩の彼氏さんですか？」

「うん、そうだよ」

「──俺の前に、あの部屋に住んでた」

「そう。悔しいけどもうずっと好き」

はっきり認められると、逃れようがないものを突きつけられた気になった。

こんなの──かなうはずがないじゃんか。

「うん、やっぱり両方買おう。どっちもいい匂いだし」

まもりは小さなプラスチック鉢を両手に持ち、愛おしそうに目を細めている。

宣言通りハーブを購入し、なぜかその場のノリで、夏癸までお薦めの鉢とやらを買ってしまった。

一人で五〇二号室に帰ってきて、リビングの床に荷物をおろすと、ごとりと重い音がした。

(やっぱ重かったわ)

なにせ自炊用の炒《いた》め鍋に、明日以降の食材、さらには謎の鉢まであるのだ。

鉢の方はよく知らないが、オネエな店長いわく、スダチという柑橘《かんきつ》らしい。高さ三十センチにも満たないくせに、小さな緑色の実が、玩具のようにはりついていた。

キッチンのシンクに、昼間に食べてまだ洗っていないラーメン丼と、茹《ゆ》でるのに使ったパスタ鍋が入っていた。

——何やってるんだろうな、俺。

がらんとした1LDK。友人には甘いと言われる、夏癸の生活の場。とりとめもない空間を見つめて自問する。

デニムの尻ポケットに入れていたスマホには、道隆たちののろけ話と、やたらと近況を聞きたがる家族のメッセージしかなくて、夏癸はどれにも目を通さず捨て置いた。

その選択が、後々自分の首を絞めると知らずに——。

＊＊＊

亜潟葉二は、神戸北野《こうべきたの》の事務所を離れ、大阪梅田《おおさかうめだ》のグランフロント前にいた。

ヨドバシカメラの賑《にぎ》やかな広告を見上げながら、スマホを片手で操作する。

「あ、もしもし、小野《おの》か？　俺だ亜潟だ。いま客先出たとこ。そう、『クラウン・ウェブ』の。ティザーサイトとロゴデザイン一式受注できたから、秋本《あきもと》たちに要件確認するよう言っといてくれ。明日朝一でミーティングするから。で、俺はもうこのまま帰る」

ほぼ一息で言うと、『わかりましたあ。お疲れ様です』と、小野このみの気の抜けた声がかえってきた。出先で直帰を勝ち取るには、相手に疑問を挟ませない強い意志が必要であると葉二は知っていた。

（よし）

仲間と立ち上げたデザイン事務所で、葉二は社長をしている。代表取締役というと聞こえはいいが、ようはデザインセンス以外はからっきしの集団にかわって交渉するのが葉二の役目なのである。今日は一日外回りで、客と商談をしていた。

JR大阪駅から神戸《こうべ》線に乗り込み、自宅マンションがある六甲道《ろっこうみち》駅を目指す。

電車の窓の外が明るかった。ここまで早く上がったのは、いつ以来だろうと感慨深くなる。ひょっとするとまもりの内定が取れた時以来だろうか。

今のうちにメールのチェックをしようとスマホを取り出したら、そのまもりから新着が来ていた。


まもり『じゃーん。何をお迎えしたでしょうか』

浮かれた文章や絵文字と一緒に、買ってきたばかりとおぼしき、ミニ鉢に入ったハーブの写真もアップしてあった。

あまり小さい鉢は水切れしやすいと思ったが、まあいい。東京に帰ったとたん自堕落一直線だったまもりが、簡単ながらも料理を再開し、自分でも何かを育てようと生活を立て直しているのはめでたいことなのだろう。

しかし——一人ではやる気が出ないだのと言っていた人間が、こうも様変わりすると別の勘ぐりをしたくなる。

本当は、どんな事情だろうと隣の奴《やつ》と親しくなるようなことはやめておけと釘《くぎ》を刺したかったのだ。狭量に思われるのが嫌で放置して、今になって引っかかっているのだから情けなかった。

葉二『一個はミント。後は知らねえ』

しばらくすると、既読になって返事がきた。

まもり『ストロベリーミントとアルテミシア・コーラプラントです』
まもり『お忙しいとこ、つまんないこと聞いてすいません』

（おい）

なんでそう卑屈な返事になる。
慌てて続きをしたためる。

葉二『忙しくねえし、つまらんとも思ってない。本当に知らないだけだ』

まもり『本当？』
葉二『いちいち勘ぐるな』
葉二『これも怒ってるわけじゃないからな』

ああ面倒くさい。

葉二『どうしてまたこの二つにしたんだ？　志織さんに薦められたか？』
まもり『違います。単に香りがすごく良かったんですよ』

香り？

基本、『食えるものしか育てない』葉二には、あまりない視点だった。時々彼女はそういう選択をする。鑑賞用の薔薇《ばら》を買ったり、菓子用のニオイスミレを買ったり。

三食の足しになることだけが、栽培の全てではないのだ。

まもり『ストロベリーミントは本物の苺そっくりで、びっくりしたんです。コーラプラントなんて、名前の通りコーラそっくりだったんですよ』

葉二『へえ。良かったな』
まもり『苺とコーラの匂いなんですよ？』
葉二『だから良かったなって言ってるだろ』
まもり『葉二さんも、本物を嗅いだらびっくりすると思うんだけど』
葉二『何が言いたい』

しばらく間が空いて、電車が六甲道駅についたところでまた返信があった。

まもり『もうやだ。遠距離つまらない』

「はあ？」

降りたホームの真ん中で、思わず声が出てしまった。

まったく意味がわからない。なぜそこで拗《す》ねるのだ。なぜそこでへそを曲げるのだ。

（電波で匂いの粒子も送受信しろってか？　できるわけねえだろ）

お互い仕事や大学がある以上、簡単に会えないのは百も承知のはずである。だからこそルール作りをし、最低一度は食事の写真で近況を確認し合おうと約束もしたのだ。

寂しい思いをさせているのは申し訳ないが、こういうのは遠回しに責められているようでたまらない。まもりも少し幼すぎやしないか。

いや、単に拗ねているだけならまだいい。本当に嫌気がさして、見切りをつけようとしている可能性だってある。

（……それは、嫌だ）

画面上の短文では、どんな深読みや裏読みもしようと思えばできてしまい、けれど確かなものは何もなかった。

ならばどうする。

ホームからは、いつもと同じ六甲山の山並みと、沈みかけの夕日が見えた。

葉二は考えた末に改札階へ下り、日頃の出口とは反対側から駅を出た。向かったのは、線路の高架沿いにある『グリーンわたぬき』という名の園芸店だった。

幸いまだぎりぎり開いていて、店主の綿貫幹太《わたぬきかんた》が、店先に置いた信楽焼《しがらきやき》のタヌキを、敷地《しきち》の中へと移動させている途中だった。

「良かった。まだ閉まってないですよね」

「誰……………え、あれ、もしかして亜潟さんですか？」

幹太は商談用にネクタイを締めている葉二を、半信半疑で凝視している。そういえば、店に来るのは休みの日だけだったと思い至った。

「すみません。仕事帰りに寄ったもので」

「……いや、見違えたっていうか、別人すぎますよ。日曜のあのダサ服はなんなんで……失礼しました」

この男、見た目は六本木志織そっくりなのだが（血縁ではないらしい）、中身はだいぶ違う。たぶん志織は、ここまで思ったことを垂れ流しはしないだろう。

当人は災いすぎる口を気にはしているようだが、葉二は正直な奴が嫌いではなかった。

「今日はちょっと、相談があって来たんです」

「何かお困りのことが？」

「このハーブの苗って、取り扱ってますか？」

葉二はスマホの画面を、幹太に見せた。

いわゆるテキストの情報だけでは、彼女の真意が読み取れない。怒られているのか、悲しまれているかもわからない。できることなら声が聞きたい。顔が見たい。直接会って抱きしめたい。

つくづく自分たちは、隣以上に離れるのが向かないカップルだった。

しかしままならぬ事情がある以上、歩み寄る努力は必要なのである。少しずつ、そう一歩ずつでも。

＊＊＊

「もう、あの子ったら。こんな閉めきったとこに住んで。だから病気になるのよ」

「リビングをさ、パーテーションかなんかで区切れば、もう一個ベッド置くぐらいできないかな。雑誌で見た気がするんだけど。どう思う？」

「お姉ちゃん、掃除機ってどこー？」

なんだよもう、うるさいな。

それは休日、ここぞとばかりに遅寝を決め込んでいると聞こえてくる、実家でのやりとりだった。

心配性が服を着て歩いている母親と、その遺伝子を濃く受け継いだ姉たちに囲まれて。

頼むから放っておいてくれ。俺はまた明日から、往復五時間の旅に出ないといけないんだ。満員電車もバスの渋滞もうんざりなんだ。きんきん騒ぐのはよそでやってくれ。

（いや待て）

自分が実家にいたのも、長距離通学に消耗していたのも、去年までの話である。今は家を出て一人暮らしをしているはず。

ではなんだ、この異様にうるさいのは。

はっと我に返った夏癸は、慌てて布団から飛び起きた。

「ああ、おはようなっちゃん。やっと起きたのね。気分はどう？」

「起きたのならそこどいてね。シーツ洗濯してあげるから」

母親と、一番上の姉がいて、寝室のカーテンと窓を開け放ち、こちらの布団を引き剝がそうとしていた。

――やっと喉から声が出た。

「な、なんだよいきなり！　聞いてないぞ！」

「いきなりじゃないわよ。お母さんね、もう何度も何度も大丈夫か聞いたのよ。ぜんぜん返事をくれなかったけど」

「それは」

「えーえー何が言いたいかはわかっているわよ。返事も追いつかないぐらい、お勉強が忙しいんでしょう。でもね、ただでさえ忙しいのにバイトも増やして家事もしてって、余計に大変になってるんじゃないの？　そんなわかるぐらい痩せちゃって。やつれさせるために一人暮らしをさせたわけじゃないんですからね」

すぐに気を昂《たか》ぶらせてヒステリーを起こす母親は、それでも商店街のくじ引きに当たるぐらいの確率で鋭いことを言った。今回は、そのめったにない当たりを引き当てたようだ。図星。完全にクリティカルだった。

確かに家を出てからベルトの穴の位置がだいぶ変わり、顔色が悪いと知帆や道隆にさんざん言われるようになった。騒がれるのが嫌で、家にも近寄らなかった。

自炊を始めたとはいえ、完全に元には戻っていないだろう。

「か、母さん、ほんとごめん。ちょっと忙しかっただけなんだ」

「そうね、わかるわ。だからお姉ちゃんたちとも相談したの。これからはなっちゃん、春霞《はるか》お姉ちゃんと一緒に暮らしなさい」

そう言って母は、一番上の姉の肩を引き寄せた。

ふだん目白《めじろ》の大学で院生をしている姉の春霞は、悠然と微笑《ほほえ》んだ。

「聞こえた？　夏癸。あんたはリビングで寝起きして、あたしはこっちで寝る。面倒みてあげるから感謝しなさいね」

「さ、そこどいて。シーツ洗濯するから」

夏癸はベッドから追い出され、呆然《ぼうぜん》としたままリビングへ移動すると、今度は掃除機をかける下の姉の秋峰《あきほ》が「夏癸、邪魔ー」と、勢いよく夏癸を突き飛ばした。

換気のために開け放たれた掃き出し窓から表へ出て、後ろ手に閉めてからベランダの柵にもたれかかった。その状態で、脳みそをフル回転させた。

（どうする。完全に詰んでないかこれ）

この状況で、上の姉と同居。あの強烈な春霞と同居。寝床がリビングなど、実家の頃よりなお酷《ひど》い。きっと秋峰も押しかけてくるだろう。

これなら詐欺になるとわかっていても、ビューティープラスあたりでお肌つやつやに加工した写真の一つでも送りつけておけばよかったのか——。

「よーし、よしよし。その意気だ。お水いっぱい飲みなさいね」

それは今の夏癸の心情とは正反対に朗らかな、明るい日だまりにいるような声だった。

避難用の隔壁の、向こうから聞こえてきた。

「……栗坂、先輩？」

「え、福武君？」

「何してるんですかそこで」

「何って……ちょっと苗にお水あげてて……恥ずかしいな。聞かれちゃってたか」

まもりがジョウロか何かを持って、鉢に向き合っている様が、目に浮かぶようだった。

「福武君こそ、何してるの？」

「俺は……今かなりピンチで」

「え？」

気が動転するあまり、近くにいるまもりに、現状をぶちまけてしまった。

「——こうなったのは、俺がいけないんです。完全に自業自得なのはわかってますけど、せめてあと一ヶ月待ってほしかった……」

「そうなんだ……親御さんが来てるんだね……」

こうしてまもりと話すようになり、家事や料理も覚え始めて、変わろうとしていた矢先だった。でももう遅い。悔やんでも悔やみきれない。

「……ねえ、福武君。確かお買い物の時、袋のインスタントラーメン買ってたよね」

「え？　は、はい」

「サッポロ一番の味噌《みそ》味と……」

「塩味です。それが何か」

「良かった。ならもやしは？　冷蔵庫にある？」

「それは……たぶんない……」

「わかった、ならわたしが持ってるのをあげるね。ちょっと待ってて」

いきなり何が始まったかと思った。

彼女の気配がばたばたと遠ざかっていき、また近づいてきたかと思えば、隔壁の下から袋入りのもやしが出てきた。

「これ、これ、取って！」

「わかりました……」

もやしを受け取る。なんともシュールなやりとりだった。

「それでね、今から作り方言うから、よく聞いてね。まずは――」

一通りの話を終えてから、まもりは夏癸に確認した。

「どう、覚えられそう？」

手順としては、そう複雑なものではなかった。

「たぶん大丈夫だと思います」

「福武君ががんばってるのは、わたしも知ってるから。今はちゃんとやってるところを見せてあげなよ。きっとわかってもらえるから」

「なんでこんな親切なんですか、栗坂先輩」

教えてもらっておきながら、聞かずにはいられなかった。ここまでしてもらえる理由がわからない。

「それはねー、前も言ったけど、わたしも経験あるからだよ。今の福武君よりかなりひどかったかも」

「マジでありがとうございます。行ってきます」

「ファイト」

隔壁が軽く叩《たた》かれた。夏癸は一礼してからベランダを出た。

リビングでは、相変わらず母や姉たちが、部屋の掃除や模様替えをしていた。

「あ、あのさ——三人とも昼飯まだ？」

全員のいぶかしげな視線が、夏癸に集中する。

「それがどうかした？」

「ピザでもとる？」

「いや、いいよ。もし良かったら、俺がみんなのぶんも作ろうと思うんだけど」

彼女たちは、たぶん気づいていないだろう。こちらの手に、出ていく時になかったもやしの袋があることに。

「あ、もしかして疑ってるね。最近は、わりとちゃんと作るようになったんだ。見ててよ、けっこう食べられるもんになってるから」

夏癸は無理矢理明るく言って、キッチンへ向かった。

まずは食料庫から、買ったばかりのサッポロ一番の袋を四人分取り出す。

今回は、醬油《しょうゆ》味ではなく塩味が指定されている。分量は四人分。買ったばかりの炒め鍋では心許なかったので、またパスタ鍋を引っ張り出して水を入れた。

「インスタントラーメンなの？」

「そうだよ母さん。でもインスタントったって馬鹿にしたもんじゃないよ。いいから見てって」

「お母さんったら、いいじゃないの。夏癸の奴がこう言ってるんだから、待たせてもらいましょ」

ニュアンスとしては小馬鹿にしている雰囲気がありありとしていて、腹は立つが反論している暇はない。

「そうだ夏癸。できれば三時までには作ってねー。あたし、この後美容院に予約入れてるの」

「そんなにかからないって！　インスタントだよ！」

けらけら笑いながら、外野がリビングへと移動していった。

とにかく夏癸は、目の前の作業を続けた。

お湯が沸いたら麺と粉スープを入れ、少しほぐれてきたら、まもりから貰《もら》ったもやしを、わしづかみで投入する。この手のもやしは洗う必要がないというのも、袋の説明を読んで初めて知った。

（で、ハサミ持ってベランダへ行く！）

だだっ広い南向きのベランダには、先日夏癸が購入したスダチの鉢があった。枝には青い果実が、全部で八つ。みかんやオレンジと違い、スダチは黄色くなる前に使うものらしい。昨日の今日でもったいないが、非常事態なので全部もがせてもらった。

戻ってきたらタイマーが鳴ったので、もやし入りの麺とスープを丼に移す。

「うあち、はねた」

「なっちゃん、平気ー？」

「大丈夫大丈夫、心配しなくていいって！」

すかさずチェックが飛ぶので、まったく気が休まらない。

丼にラーメンを入れたら、まな板の上でスダチを半分に切り、片方をできるだけ薄くスライスしてスープの上に散らした。

（あとは残った方のスダチを絞って入れて、蒸《む》し鶏《どり》をのせると）

冷蔵庫を開け、タッパーに入っていたレンジ蒸し鶏を、丼の中央へ。

最後に付属の切りごまをかければ、完成だった。

「よし、姉ちゃんたち運ぶの手伝ってくれ！　スダチ塩ラーメンできた！」

しばらくして、姉たちがにやにや笑いながら寄ってきたが、夏癸がカウンターに用意したものを見て真顔に変わった。

「ほら、早く持ってってくれよ。インスタントは即食べが基本だよ」

「……これ、本当にあんたが？」

「作ってたの見てただろ。いいから早く」

「わ、わかった……」

丼をソファ前のローテーブルに運ぶと、そこにいた母親もまた目を丸くした。

確かに塩ラーメンの上に浮かぶ大量のスライススダチは、なかなか個性的な見た目だった。

「ライムを入れてあるの？」

「違うよ。ライムじゃなくて、スダチ。こないだ近所の園芸店で買ったんだ」

「スダチそばは聞いたことあるけど……」

「まあうまいから、食べてみてよ」

本当はスダチを使うことなど初めてで、このスダチ入り塩ラーメンを食べるのも初めてだったが、見た目だけでも余裕を装った。

まもりがピンチに授けてくれたレシピなのだから、おいしいだろうと信じたい。

まずは自分からと、熱々の麺を、もやしと一緒にたぐってすする。冷やし中華の時と同様、生麺とはやや食感が違うが、一緒に茹《ゆ》でたもやしがしゃきしゃきとしていい仕事をしてくれていた。

絞ったスダチ果汁の酸味も、塩と鶏ガラベースのスープを絶妙にさっぱりさせている。スライスした方も、もやしと蒸し鶏しかない丼に、さわやかな柑橘《かんきつ》の香りと濃いグリーンで彩りを添えていた。

乾麺と粉スープの味気なさに、小さな果物を少々加えただけで、こうも生まれ変わるものかと思った。

(蒸し鶏、多めに作り置きしといて良かったな)

何よりこのサッポロ一番塩ラーメン、醤油と違ってごまが付いてくるのだ。一振りでも絶対に欠かせないアクセントだった。

まもりに感謝しなければと思った。たぶん夏癸が今のレベルでできる、精一杯の昼食ができた。

「あのさ――」

夏癸は、黙ってラーメンを食べている母や姉に向かって切り出した。

「母さんや姉さんたちが、俺のこと心配してくれるのはわかるけど、もう少し時間をくれないか。今やっと自炊のやり方とか、勉強してるとこなんだよ。たぶんここで春霞姉ちゃんに頼ったら、絶対駄目になる」

「別にお料理ができないからってわけじゃないのよ。お掃除やお洗濯だって」

「わかるよ母さん。他に知らないことがあったら調べるし、母さんにも聞くから。頼むよ」

「夏癸……」

「今まで連絡しなくてごめん。いろいろ心配かけたし、迷惑かけたと思う」

母と目が合った。彼女は少し涙目だった。

「……そう、あなたも色々あるのね。わかったわ」

「ありがとう！」

「後でお母さんにも教えてちょうだい。このラーメンの作り方」

「ちょっと！　お母さん、いいの？」

「今は時間が欲しいって言ってるんだから、待ってあげましょう」

「夏癸ばっかりずるいでしょう！」

便乗で家を出たかったらしい春霞は、とにかく不満げだった。しかし最終的には、現状維持という形を認めてもらったのだった。

ぶりぶり怒る姉たちを笑顔で見送り、母にも礼を言った。

「本当にお母さんてば夏癸に甘すぎるわ」

「ほんとねー。あたしも別荘にするつもりだったのに」

「終電逃したら来ていいよ」

喋りながら、玄関のドアを閉める。

彼女らがマンションを出ていくのを、五階のベランダから確認し、最後はその場にひっくり返って大の字になった。

「…………危なかった」

本当に死ぬかと思った。危ないところだった。

首の皮一枚繫《つな》がったのは、避難隔壁の向こうにいるまもりのおかげである。

（……足向けて寝られないわ、マジで）

寝そべる夏癸の鼻先に、実を全て収穫してしまったスダチの鉢があり、真夏の明るすぎる日なたにごくごく小さな木陰を作っていた。

次にまもりに会ったのは、律開大のキャンパス内だった。

彼女は掲示板の前にいた。涼しそうな麻の白いブラウスに、ふわっとした藤色のスカートを着ていた。

「良かった。栗坂先輩、この後時間ありますか。ちょっと報告したいことがあって。学食かカフェテリアかどっかでも」

会えたら言おうと思っていたことを、一息に言った。

一緒にいた知帆や道隆に、もう少し色気のある場所へ連れていけとばかりに脇腹を突つかれたが、夏癸は無視した。今はこうやって、警戒されずにつきあってもらうのが関の山なのだ。

「うん、いいよ。それじゃあ行こうか」

「ありがとうございます」

カフェテリアに移動して、セルフのコーヒー一杯をまもりに渡した。

「どうぞ先輩、もやし代です」

「あはは。ずいぶん高いもやし代だ」

「指導料も入ってます」

「それじゃ安いなあ」

まもりが冗談めかして笑った。夏癸も心が沸き立った。

「それじゃあ福武君、あれからうまくいったんだ？」

「はい、なんとか。先輩のおかげです」

「わたしは大したことしてないよ。福武君ががんばったのが、一番の決め手だからね」

――こんなことを言ってくれる人なんだから。

やっぱり、好きは好きだ。

「……あのメニューも、彼氏さんに教えてもらったんですか？」

「そう。あの頃は、すぐ近くにいたからね」

まもりはコーヒーカップを両手で包むように持ち、窓の外を見ている。

前にも一度見た。どこか憂鬱そうな眼差しだった。

「離れてるの、しんどいですか？」

「わからない。向こうも何考えてるかわからないから、最近は喧嘩《けんか》ばっかりしてる」

「……そうですか」

「やっぱりしんどいのかな」

そこまで聞いた夏癸は、居ても立ってもいられず、「ちょっと失礼します」と言って、席を立った。

カフェテリア内のトイレに行き、洗面台で顔を洗った。

鏡に映る、濡《ぬ》れた自分の顔を見つめる。

(これ、いってもいいってことか？　チャンスってことか？)

夏癸の部屋の元住人で、今は神戸にいるという、彼女の恋人。

相手がいるとわかっていても、かないっこないと理解はしていても、ただの先輩後輩や隣人同士ではなく、もっと別の目で見てほしいと思っているのだ。正直なところを言えば。

思い切って、立候補するべきかもしれない。告白するタイミングなら、今ここしかない気がした。

俺なら寂しい思いはさせませんと。

「よし」

当たって砕けろ。好きなら好きだと伝えるんだ。

意を決してトイレを出て――けれど夏癸は途中で止まってしまった。

「……先輩？」

「あ。ご、ごめん福武君。変なとこ見せて」

窓際の席にいるまもりは、一人静かに泣いていた。

慌てて指で目元をぬぐって、こちらを向く。どうもスマホのメッセージアプリを開いていたようだ。

「誰かになんか言われたんですか？」

「うん、びっくりして……普段こんなのくれる人じゃないんだよ」

彼女は見ていた画面を、夏癸にも見せてくれた。

「嬉《うれ》しくて」

たぶん彼氏からなんだろうなという点だけは、当たっていた。

夏癸の知らないベランダの一角を撮った写真だ。まもりが六本木園芸で買ったものと同じ、ストロベリーミントとアルテミシア・コーラプラントの苗が、白い鉢に植えつけてあった。

葉二『こうすりゃ匂いだってわかるだろ』

葉二『ストロベリーミントは、ハダニに弱そうだから水やり欠かすな。あとな、コーラプラントは絶対生で食うなよ！　食いたかったら茶にして飲め』

非常に粗暴な感じのテキストもついていた。

およそ恋人に送る文には思えないし、鉢の背景のベランダが、畑と見まごうレベルで緑色なのはどういうことだよと思ったが、まもりはこれが嬉しくて仕方ないらしい。

「……なんで生で食べたらいけないんですかね」

「さあ。後で聞いてみる」

スマホを手元に戻して、ジャングルのような写真とテキストに口元をゆるませ、下手をすれば抱きしめそうな勢いである。

重ねて言うが、夏癸は彼女が好きだ。やわらかい声や優しげな容貌も、困った夏癸に手を差し伸べてくれた芯の強さも、全部が好きだ。でもだからといって、自分は彼女をここまで泣かせることも、笑顔にさせることもできないだろう。

つまりはそういうことなのだ。

「先輩。俺、そろそろ出ます。先輩はどうします」

「あ、わたしはもうちょっとここにいる」

「そうですか。本当にありがとうございました」

どうぞお幸せに。心の中で悔しい一言を付け足して、自分のコーヒーカップを返却口に戻し、カフェテリアを出た。

言いたいことを飲み込む苦さは、さっき飲んだブラックのコーヒーより百倍苦い。

キャンパスのどこかにいるはずの、知帆と道隆にメッセージを送る。


夏癸『終わった。いまどこ?』


それは暑い七月の終わり。日本の夏。そして夏癸にとっては、紛《まが》うことなき失恋の夏だった。

「あー、もう。海でも行くべかー!」

＊＊＊

まもりはその夜、葉二と話をした。

まずは下準備。急須にアルテミシア・コーラプラントの葉を入れてから、沸かしたての熱いお湯を入れ、蓋をして蒸らす。蒸せたら茶こしで漉《こ》しつつ、カップに注ぐ。

(……こんなもんかな)

収穫できた量が少なかったので心配だったが、白いマグカップに出てきた茶の色は、綺《き》麗《れい》な淡いイエローだった。

できあがった茶を持って寝室に行き、デスクに置いたノートパソコンの前に陣を敷く。最近家にお迎えした、二種のハーブの鉢も一緒だ。

「どうもー、お待たせしました」

オンラインのビデオ通話は葉二のアカウントと繋《つな》がっており、画面には部屋着のジャージですっかりくつろいだ葉二が映っていた。背景から見るに、これは仕事部屋のPCからだ。

『植え替えしたのか？』

「はい、さっき。ついでにお茶も入れちゃいました。楽しみです」

彼にもわかるよう、湯気がたつマグカップを持ち上げてみせる。

「葉二さんも、ストロベリーミントとアルテミシア・コーラプラントを植えたんですね」

『そりゃあ……言われても想像できねえなら、取り寄せてみるしかねえだろ。おまえがそこまで言うもんなら、俺だって興味はある……』

「ありがとう、なんか嬉しかった」

『大げさなやつだな』

「だって本当にそう思ったんだもの」

あの葉二が、わざわざ歩み寄ろうとしてくれた事実が嬉しくて、結果として涙腺がゆるみ気味になってしまうのである。最近はかみ合っていなかった気がするから、特にだった。

「なんでコーラプラントの方は、生で食べない方がいいんですか」

『試してみりゃわかるよ』

「そうですか?」

不思議に思ったまもりは、ちょうど持ち込んであったアルテミシア・コーラプラントの葉を、むしって口に入れてみた。

『おま、いきなり一気にいったか』

「……にっ、にがっ!」

強烈な苦さ。猛烈な苦さ。にじんでいた涙も引っ込むぐらいに苦い。

後味に、気持ち程度のコーラ臭がしたが、それより何より薬草くさい。

「……ひどい葉二さん。こんな劇物を人に」

『もう少しためらいがあると思ったんだよ』

あるはずないだろう。まもりをなんだと思っているのだ。

「ええ、嘘《うそ》。こんなに苦くていいんですか。ほんとに食べ物なんですか」

『ヨモギの仲間だから、害はねえよ』

「葉二さんも食べてみたんですよね」

『まあな。おまえほど嚙《か》みしめたりはしなかったけどな』

「うう。ほんと苦すぎますよ……これじゃお茶の方だって地獄の釜の味じゃ……」

生は食べるな、飲むならお茶にしろと葉二は言ったが、怪しいものだ。

だが、あらためて自分のマグカップに向き合ったまもりは、妙な引っかかりを覚えた。

あえて顔を近づけ、軽くあおいで匂いをかいでみる。

驚きだ。さっぱりとした、レモンのようなフレグランス。コーラの香りが消えているではないか。

「コーラじゃないけどいい匂い」

『だろ？　こいつ、加熱でだいぶ変わるみたいなんだ』

葉二も画面の向こうで、湯気がたつカップを口に運んでいた。中身はたぶんまもりと同じ、アルテミシア・コーラプラントを煮出したハーブティーだ。

釣られて一緒に飲んでみるが、これがまったく苦くなかった。香りの印象と同じ、酸味のないレモンティーを飲んでいるような味わいだった。

「コーラじゃないけどおいしい」

『そうなんだよ。これはこれでうまいんだよ。二日酔い向け』

だんだん笑えてきてしまった。

なんだこの状況。その距離六百キロ、練馬と神戸にいて、苦いのうまいのに一喜一憂して。離れていても分かち合えるものがあるなら、こんなにも心強いのか。

映像を繋いだまま、まもりたちはとりとめもない話を続けた。

「ねえ葉二さん。できればこうやって、顔見て話す時間増やせませんか。葉二さん、文字だけだとけっこう怖いんですよ」

『ああ。じゃあ俺からも注文いいか。大学行ってる時はともかく、それ以外の時はちゃんと指輪してろ。虫除《むしょ》けの意味が全然ねえんだよ――』

「ええ、なくしそうで怖いですよ」

『俺はおまえのやることに肝が冷えてしょうがねえよ』

そして話の合間で、ふと思い出したように葉二が言った。

『そういやまもり。例の顔合わせの件だけどな。盆休みに東京帰れそうだから、そこでやらないか』

言われたまもりは、彼の言葉を心の中で繰り返した。

つまりあと二週間もすれば、実物の葉二に会えるというわけか――。

「……ふ、ふふふ……やった！」

『おま、あぶな！』

「え？　ぎゃー！」

勢いあまってお茶入りのマグを倒し、デスクに大きな湖ができた。

「お茶が、パソコンが、お茶が！」

『いいからさっさと雑巾取ってこい！　早く！　くそ、こういう状況じゃ面倒だな』

画面の向こうの葉二が腰を上げるが、何もできない自分に舌打ちしていた。

毎日はばたばたと慌ただしく、その中でも山あり谷ありで過ぎていく。

ともあれ。二人の夏休みに、大きな予定が一つできたのである。

その後の小話

栗坂《くりさか》ユウキの夏期講習終了を見計らったように、スマホが震えた。

晶《あきら》『ういす、クリボー！　終わったならアイス食おうぜ。下のコンビニで待ってる』

そういうことらしいので、ユウキはテキストで重くなったリュックサックを背負い、他の受講生に交じって予備校の階段を下りていった。

壁には東大合格何名といった数字の羅列と、『夢を諦めない』といった精神論のポエムが並んで掲示されていて、ユウキはそのどちらとも目を合わさずやりすごしていた。日々プレッシャーにさらされる受験生の、ささやかなライフハックである。

冷蔵庫のように冷えきった建物の中から、一歩表へ出ると、今度は熱気と光量の差で目《め》眩《まい》がした。

（あっ……）

ハレーションを起こしそうな視界をごまかしつつ、西日にあぶられた歩道を歩き出す。

約束のコンビニの前に、椎堂《しどう》晶が来ていた。

ネクタイをゆるめに結んだ制服姿で、短いスカートもなんのその。ガードレールに行儀悪く腰掛けている女子高生。

「よ、おつかれ」

「……椎堂って受験生らしくないよね」

「なんだとお！」

だからいいのだが。

晶はコンビニでアイスのガリガリ君ソーダ味を買い、ユウキは課金用のプリペイドカードと、モナ王を購入した。さきほどのガードレールに腰掛け、買ったばかりのアイスを並んで食べた。

「つかさー、せっかくクリボーと同じ予備校の講習申し込んだのに、ほとんど会えないってておかしくね？」

「それは、コースが違うし」

ユウキは国立理系志望で、晶は私大文系志望で、受験する科目自体がまったく違うのである。高三のクラス分けの時点で、同じにならないのは明白だった。

「むー。んじゃ、どうせならさ、ぱーっと海でも行かね？　江ノ島《えのしま》とか、湘南《しょうなん》とか。来週ならお盆休みで、補講も予備校もないじゃん！」

「ごめん、無理」

「なんでだよ！　おまえあたしの新しい水着見たくねえの!?」

「そうじゃなくて、来週は顔合わせがあるんだよ」

何か泣きそうになっている晶に釣られ、ユウキもついつい言い訳がましくなってしまう。

「……顔合わせ？」

「うちの姉の結婚が決まって、向こうの家とホテルのレストランで食事するんだ」

「へえ。クリボーのお姉さんって……あのとしまえんのプールにいた人？　そんな年いってたっけ」

「早い方だとは思うよ」

今年二十二で、大学卒業と同時に引っ越しと結婚の両方を選ぶ人間は、そういないだろう。

顔合わせなんて面倒だとは思うが、今さら別の相手を連れてこられても困るし、当日は北斗《ほくと》もいるらしいので、総じて『まだまし』と思っていた。

「相手も誰か知ってる人だし、僕はいるだけでいいらしいから」

「ふうん……んじゃあしょうがないか」

晶も渋々ながら納得したようで、残り少ない自分のガリガリ君をかじりはじめる。

「あとさ、椎堂。もう一つ言っときたいことがあるんだけど」

「ん？　何？」

「京大受けようと思うんだ」

ユウキは自分のアイス最中を、ぽこんと割って口に入れる。

「……え、なんで？　ど、どうして？」

「どうせなら、越えるハードルは高い方がいいと思って。やりたい勉強もできそうだし。もちろん受ける以上、対策はしっかり立てるつもりだけど。そういうわけで、これからはいつも以上に忙しくなると思う──椎堂？」

いやに静かだなと思い、晶の方を向いたら鬼の形相になっていた。

「おっまえなあ、寝ぼけたこと言ってんじゃねえよ！　クリボーのクソ馬鹿野郎が!!」

──三分後。食べ終わったばかりのモナ王の袋が、あおりをくらって宙を舞った。

二章　まもり、これが親族の圧というものか。

恋人の葉二《ようじ》いわく、新幹線が東京《とうきょう》駅に到着するのが、午後二時過ぎらしい。そこから在来線を乗り継いで、最寄りの練馬《ねりま》駅にやってくるのが、だいたい三時前といった話だった。

新幹線のホームで三つ指ついてお出迎えとはいかずとも、今回は近い駅まで迎えに行こうと心に決めていた。よってまもりは、西武《せいぶ》線は練馬駅の改札前で、愛《いと》しの婚約者が出てくるのを、今か今かと待ちかまえているところだ。

(早く来ないかなー、葉二さん)

電車が上のホームに到着し、下の改札めがけて人が流れてくる。そのたび葉二がいるかとわくわくしながら身構えるが、今のところそれらしい姿はない。

また駄目か——何度目かの空振りを覚悟しかけたところで、ようやく条件に当てはまる背格好の、スーツケースを引いた男性が現れた。

（え）

しかしちょっと待て。あれは葉二だよな。本当に葉二でいいんだよな。

改札の外にいるまもりは、なかなか確証が持てなかった。何せ肝心の顔が、マスクで半分隠れてしまっている。

当人はまもりを見つけると、迷いなく真《ま》っ直《す》ぐやってきた。近くで見たら、確かに亜潟《あがた》葉二だった。

「……どうしたんですか、そのマスク」

「…………悪い。ちょっと風邪ひいた」

喋《しゃべ》る声が、すでにガラガラであった。

「た、大変じゃないですか。大丈夫ですか。顔合わせ明日なんですよ」

「わかってる。とにかく今日は寝て治すから。確か近くにビジネスホテルあったよな。そっちに泊まって――」

「何言ってるんですか。だったらなおさら一人は駄目ですよ」

まもりは反対側の出口へ歩きだそうとする葉二のジャケットを、後ろからつかんだ。

「ちゃんとうち来て、ちゃんと休んでください。ね？」

「……おまえ妙に嬉《うれ》しそうだな」

「とんでもない。これはがんばらなくちゃと思ってるだけです」

「そういうのもいらねえから……」

葉二がマスク姿のまま、深々とため息をついた。やっぱり体調が辛《つら》いのだなと、まもりは心の中で気合いを入れ直したのだった。


マンションに戻ってきて、途中の薬局で買ったものをテーブルに置く。

「まずは手洗いうがいをして、着替えましょう。パジャマは持ってきてますよね」

「そんな幼児みたいなこと、わざわざ言わなくてもわかってるわ」

「それじゃあ行動してくださーい」

気持ち的には、ぴぴーと笛を吹きたい。葉二が洗面所から寝室に移動して、いつものジャージとTシャツに着替える。

まもりはすかさずベッドの布団をめくり、笑顔でシーツを叩《たた》いた。

「どうぞこちらに」

「……なんだかな」

そのまま横になってもらうが、薄いピンクに白い鳩《はと》が飛ぶベッドカバー三点セットは、恐ろしく今の葉二に似合わなかった。

寝ている額に手のひらをあててみて、平熱の自分と比べてみるが、やはり高いような気がする。

「……うーん。体温計できちんと測らないと駄目か」

まもりが立ち上がろうとしたら、横たわる葉二が、こちらの手を摑《つか》んだ。

「……まもり」

「ん？　なんです、葉二さん」

「俺は、無念だ……」

熱のせいか目が充血し、声もかすれ気味で聞き取りづらかったので、よく聞こうと顔を近づけた。

「目の前に現物があるってのに、抱くどころかキスもできないってなんの拷問……」

「はいはい寝ましょう。おやすみなさい」

すでに熱にうかされはじめているようなので、冷えピタをお札のように貼り付けて、布団を引き上げ蓋をした。それで彼も静かになった。

あとは充分に休息を取ってもらうとして、こちらは何をすればいいだろう。

本当は葉二とご飯でも作って、まったりテレビ視聴から明日の予行演習でもしようと思っていたのだ。

寝室を出てスマホを見たら、みつこから様子伺いの連絡が来ていた。とりあえず『葉二さんは無事東京についたよ。明日は予定通り、池袋《いけぶくろ》のメトロポリタンホテルに集合してください』と返事を打った。

(あとそれらしいことって言ったら……栄養あるものを作る、とか?)

これはかなり看病らしい。

まもりは、再び寝室に顔を出した。

「葉二さーん。お休みのところすいません。何か食べたいものはありますか? おかゆとおうどんだったら、どっちがいいですか?」

「……べつに、なんでもいい……」

布団の中から、くぐもった声が返ってきた。

それはまた、一番対処に困る答えだ。

「……ああそうだ。まもり。忘れてた……」

「え、なんですか」

「俺のスーツケースに……土産が入ってる……入れたままだと腐るかも……」

なんてこったい。

まもりは慌てて、寝室の隅に置いてあるスーツケースを横たえ、ぱかんと蓋を開けた。

荷物の片側半分は——なんとほぼ野菜だった。

ころんと丸いフォルムが特徴の、ニガウリ『あばしゴーヤ』がいくつか。キッチンペーパーにくるまれた赤いミニトマトは、葉二お気に入りの調理用トマト『シシリアンルージュ』だろう。他にも束になった紫蘇《しそ》に、枝葉がついたままの青トウガラシなど、盛りだくさんである。

「なんかすごいんですけど……」

「神戸《あっち》のベランダで採れたやつ……食い時のみんな持ってきた……」

「こ、この青トウガラシのお化けみたいなやつは？」

なんと一個十五センチぐらいある。

「それは万願寺《まんがんじ》トウガラシ。実がなったって教えただろ」

「写真じゃシシトウぐらいにしか思わなかったんですよ……」

これも九条《くじょう》ネギなどと同じ、京野菜らしい。そして甘味種なので、トウガラシというよりはピーマンやシシトウ的にいただくものらしい。それにしても、よくもまあ立派に育ったものだ。

「じゃ、こっちのカボチャっぽいのは……もしかして『栗坊《くりぼう》』ですか」

「そうそれ」

「ちっちゃー！」

万願寺トウガラシの逆である。

葉二の定期報告では、順調にあんどん仕立てに蔓《つる》が伸び、黄色い花が咲いて実が付いたとあったが、こんな手のひらサイズとは思わなかった。さすがはベランダ菜園サイズのミニカボチャだ。

「あとは……このラグビーボールみたいな瓜《うり》は？」

二十センチほどの大きさで、ずんぐり楕円《だえん》に太った、メロンやスイカに似た果菜である。これは今までのどの報告写真でも、見たことがなかった気がする。

表面はすべすべとした緑色で、かすかに縦縞《たてじま》の模様も入っている。何より、持ってみるとずっしりと重い。たぶんウリ科の何かなのだろうなあということはわかるが、食べれば甘いのか、苦いのか、果物なのか野菜なのかさえさっぱりだ。それが二個もある。

「それは、ぺっちん瓜」

「は、ぺっちん？」

「そう。別珍《べっちん》の瓜がなまって、ぺっちん瓜。明石《あかし》とか加古川《かこがわ》とか、兵庫県の一部でしか育ててない地野菜なんだと」

「はあ……」

「風味とか歯ごたえはメロンやマクワウリに似てて、今は生食よりも漬物メインで栽培されているんだと」

「で、葉二さんもそれを育てたわけですか」

「いや、家から駅行く途中に商店街で見つけて、見逃せないからつい買った……」

「馬鹿じゃないですか⁉　新幹線乗る前ですよね！」

「やめろ、でかい声出すな、頭に響く……」

ただでさえ体調が悪いのに、こんなに大きな荷物を増やしてどうする。

「しょうがねえだろ、出回るのは夏の一時期だけで、県外へは通販の取り扱いもほぼないとか聞いたらよ……」

「あああ……」

駄目だ。病気の人に、正常な判断力を求める方が間違っているのかもしれない。

結果として、彼はレアものな瓜を買った。二個も買った。行商のおばちゃんのように野菜が満載のスーツケースをガラガラ言わせ、神戸《こうべ》と東京間を移動してきたわけか。

(駄目。負けちゃ駄目)

とにかく収穫野菜と、葉二が一目惚《ひとめぼ》れしたぺっちん瓜を放っておくわけにはいかず、まもりはそれらを抱えて、キッチンへ移動した。

まずはニガウリ、ミニトマト、万願寺トウガラシは別々の袋に入れて、空気を抜いて冷蔵庫の野菜室へ。これで多少は保《も》つはずだ。

葉付きのトウガラシはキッチンペーパーでくるんでから、袋に入れて、立てて冷蔵保存する。摘んだ紫蘇はコップの底に水を入れ、茎に水を吸わせた状態のままビニール袋をかぶせて冷蔵庫に入れると、まだましだと教わった。

「次は、『栗坊』ちゃんか……」

十月末のハロウィンや、十二月の冬至のイメージが強いが、カボチャの収穫時期はこの夏なのである。

逆に言えば、夏に採ったカボチャを秋冬に食べても平気なぐらい、カボチャ自体は日持ちがする野菜なのである。サツマイモなどと同様、収穫してからしばらく置いて追熟させないと、おいしくないとも聞く。

しかし——。

「カボチャ……カボチャ……カボチャの、おかゆ……」

どうだろう。この甘美にして、滋養に満ちた感じの響きよ。作ってあげたら、葉二も喜ぶかもしれない。

カボチャに頰ずりしているうちに啓示を得たまもりは、駄目元で確認してみることにした。

まず自分のスマホのアプリを開き、葉二が定期的に投下している園芸記録を遡る。

『栗坊』の実が今のサイズになったのは、七月の中旬頃だった。形や斑《ふ》の入り方を見て、この写真のカボチャが、今手元にあるものだろう。そこから実際に収穫するまで何日かかったとしても、追熟期間は二週間はあったと見た。

蔓の切り口は乾燥し、ヘタもコルク化して硬く締まっている。

「――いけるかもしれない」

よし。やってみるか。

スマホをカウンターに置き、『栗坊』おかゆ計画を開始した。

ふだんスーパーで目にしている、四分の一カットの栗《くり》カボチャなら、硬い皮を切りやすくするため、ラップに包んでレンチンするのだが、このミニサイズならラップをするまでもなく、洗ってそのままレンジにポンだ。

軽く加熱したものを取り出すと、包丁を入れて種と皮を取り除く。さらに一口大サイズに切り分けた。

（どーせぐらぐら煮るから、適当な乱切りでＯＫ）

さらに鍋に米と水を入れ、塩少々と切ったばかりのカボチャを入れ、ガスの火をつける。

これでカボチャと米が柔らかくなるまで煮込めば、カボチャのおかゆのできあがりである。

お玉片手にあたりを見回すと、カウンターに残したままだった、ぺっちん瓜と目が合った——気がした。

「君か……」

こちらはいったい、どう食せばいいものやら。

自分でも検索してみるが、確かに葉二が言っていた通り、語源はお尻たたきではなく、布地の別珍が由来で、兵庫県の東播磨《ひがしはりま》周辺で栽培されている野菜らしい。

家庭で食べるなら、酢や塩などで浅漬けにするとおいしいそうだが——。

(そう言われても、見てるだけじゃわかんないや)

論より証拠。試しに一個割ってみることにした。

まな板の上で包丁を入れると、多少の抵抗はあったものの、瓜は簡単に半分になった。

緑色の外皮はスイカのように薄く、中は縦に並んだ細かい種が、メロンのように密集して入っていた。果肉の色や質感もメロンらしい。ということは——果物なのか？

(……いや待て、匂いはそこまで甘ったるくないぞ。キュウリっぽい)

くんくんと野生動物さながらに、五感を使って推理するまもりである。

確かに構造としてはメロンだが、同時に育ちすぎたキュウリや白瓜《しろうり》、以前まもりがやらかした、小玉スイカの嬰児《えいじ》死体も思い出した。

「つまり……ジャンルとしてはあくまでお野菜で、スイカの皮なんかと同じ路線で考えればいいのかな……？」

少しイメージがしやすくなった気がする。

まもりは二つに割った勢いで、中の小さな種をスプーンでかきだし、皮を縞目《しまめ》にむいて、やや厚めにスライスした。

さらに小鍋に水と塩を入れて火にかけ、中の塩を溶かして火を止める。

葉二が持ってきた収穫紫蘇と、葉付きの青トウガラシを冷蔵庫から取り出し、紫蘇は千切り、青トウガラシも枝から実だけ取って、こちらも半分に切った。

ジップロックに、ここまでで切った野菜を全て入れ、さらに粗熱を取った塩水を注ぎ入れる。

（それで、封をして冷蔵庫へＧＯ！）

味が馴染《なじ》んだところで、ぺっちん瓜の浅漬けが一丁あがりになっているはずである。

それでもまだ鍋のおかゆが柔らかくならなかったので、残りのぺっちん瓜も漬けたり煮たりと、思うままに加工のかぎりをつくしてやった。

「……よし。次はおかゆだ。今度こそ煮えたかなー」

それなりに水を沢山入れたつもりだったが、鍋の中ではたった半カップの米が、水分のほとんどを吸い込んでふつふつと音をたてていた。

ミニカボチャ『栗坊』も、すっかりやわらかくなっており、お玉でかきまわすと身が崩れだし、おかゆ全体がポップなパンプキンイエローになった。

(はは。可愛い可愛い)

試しに味見をしてみたが、とろりとした舌触りに、溶け残った部分が栗のような働きをしていた。カボチャ由来の素朴な甘みが、後からじんわり効いてくる。

あの小ささでちゃんと完熟し、おいしいカボチャになっていてくれたようだ。

完成したカボチャがゆを器にもり、ついでにお赤飯についてきたごま塩の小袋を開封し、仕上げにさらさらと振りかけた。

冷蔵庫の浅漬けもちょっぴりつまんでみると、まるでシルクかベルベットかという、なめらかな舌触りが素晴らしかった。これ以上漬かると柔らかくなりすぎる手前の、寸止めな歯ごたえもまたよし。生ハムメロン的な塩気に、紫蘇と青トウガラシの、冴《さ》えた援護射撃も悪くない。

「いけますね、ぺっちん瓜」

思わず額をぺちんとしてしまう。

こちらもおかゆと一緒に、箸休めとして添えることにした。

「葉二さーん、起きられますか？　おかゆ作ったところなんですけど」

「……ん？　まもりか？」

寝ていた葉二が、のそりと上体を起こした。どうやら食べる気力はあるようだ。

お盆におかゆと漬物を載せ、ベッドの葉二へ持っていく。

「……なんだこの黄色いのは」

「葉二さんが育てた『栗坊』も入れて、カボチャのおかゆにしたんですよ。煮てたらほとんど溶けちゃって」

「こっちの漬物は……ぺっちん瓜も使ったのか」

「そう。大丈夫ですよ、ちゃんとおいしかったですから。前に教えてもらった、紫蘇と青トウガラシと一緒に漬けたやつです」

「ああ。あれか……」

「食べさせてあげましょうか」

にこにこ笑うも、葉二にはものすごく嫌そうな顔をされた。

「……すいません。ちょっと面白いかと思っただけです。他意はありません」

「おまえの張り切り方はうさんくさいんだよ」

「そんな。せっかくの弱った葉二さんなのに」

「だからその思想は禁止だ」

想像以上に強い調子でNOと言われた。

「ちぇー」

「ともかくそこまで重症じゃない。自分で食える」

「はいはい。ならどうぞお食べください」

「あとな。そこでそうやってガン見されてると、見世物みたいで落ち着かないんだが」

病人様はセンシティブである。まもりはおとなしく寝室を出た。

しばらく待ってから、再び顔を出す。

「どうでしたかー」

「……まあ、わりと食えたわ」

そっけない返事のわりに、皿が全部空なので、合格ではあったのだろう。体調の方も、完食レベルには回復しているということだろうか。

「それでは仕上げは、デザートのアイスクリームサービスでございます」

「……おまえ絶対ふざけてるだろ」

「風邪引いた時にアイスって、定番じゃありませんでしたか？」

今回はまもりも食べたかったので、アイスの器は二つ持ってきた。一つは葉二に渡し、ベッドサイドに腰掛ける。

ドラッグストアの食品コーナーで買った、バニラアイスを半解凍させ、ベランダのミントを細かく刻んで混ぜたものだが、この一手間で高級感アップなのである。

「しかもこれね、ミントはミントでもストロベリーミントだから、目をつぶって食べると……うん、やっぱり苺《いちご》のアイス食べてるみたい」

実験成功だ。目を開けると、元のバニラにミントグリーンが混じったアイスなのがまた楽しい。

「ね、葉二さんもそう思うでしょ」

「……鼻つまってるから、よくわからん」

「きー！」

遠距離じゃなくても、こういう落とし穴があったか。

まもりが憤慨しながら出ていこうとしたら、

「でもな、たぶんうまいと思う。色々ありがとな」

——まだ少し熱っぽそうな目でそんなことを言われたら、余計なもやもやなど吹き飛んでしまうではないか。

確かに近くにいても触れられないというのは、もどかしいものよとまもりは思う。

葉二には薬を飲んで休んでもらい、まもりも夕飯の時間になったらカボチャのおかゆの残りを食べ、風呂に入ってリビングのソファに毛布を持ち込むと、おやすみなさいと就寝したわけである。


翌朝。まもりはいつもの感覚で寝返りを打ち、寝ていたソファから転げ落ちて顔面を強打した。

まさに顔から落ちた感じであった。チカチカと星が飛んだ。

「大丈夫かよ」

「……あ。あー……そうだった、昨日はソファで寝たんだったた……」

まるで寝起きに冷水でも浴びせられたようなお目覚めで、ショックに頭を振りながら体を起こすと、ワイシャツにネクタイ姿の葉二がこちらを覗き込んでいた。

前夜のように顔色が悪いわけでもなく、きちんと髭《ひげ》も剃《そ》って髪もとかし、コンタクトをつけたイケメンバージョンである。

「……葉二さん、元気になったんですか？」

「ああ、おかげで全快だ。勝手にシャワー借りたからな」

「そっか。良かった。良かった……」

本当に良かった。心底ほっとして呟《つぶや》いたら、葉二の神妙な顔が近づいてきて、まもりの前髪を持ち上げ、額に軽く口づけた。

「——ちょっと」

「いいだろこれぐらい。一晩どんな気分で待ったと思うんだ」

完璧に反論を封じるタイミングで、二回目のキスをする彼からは、まもりが日頃使っているボディシャンプーの匂いがした。何か色々ずるい気がする。


——さて。回復したのはめでたいこととして。


その日は予定通り、亜潟家と栗坂《くりさか》家、両家の顔合わせの日であった。

待ち合わせの池袋にあるシティホテルのロビーには、時間になると見知った顔が続々と集まってきた。

まずは茨城のつくばから、亜潟紫乃《しの》と辰巳《たつみ》夫妻。

すでに退職しているとはいえ、元教員夫妻だけあり、かっちりとしたスーツ姿がどちらも板についていた。

「お久しぶりね、まもりさん」

「どうも、ご無沙汰してました！」

「香一《こういち》たちが都合つかなくて、すまないね」

「とんでもないです。愛知《あいち》にいて仁那《にな》ちゃんいちゃ、仕方ないですよ」

ちなみに仁那とは、この六月に生まれたばかりの、香一夫妻の娘の名である。

その夫妻から、今朝届いたばかりという新着赤子写真を見せてもらっていたら、葉二が手をあげた。

「――よう、ここだ姉貴と北斗《ほくと》」

反対側のエントランスから、亜潟瑠璃子《るりこ》と北斗親子の登場である。

北斗は通っている律開大《りつかいだい》付属高校の、夏服姿だ。肩のあたりが少し窮屈に見えるぐらい、背格好は大人となんら変わらなくなっていた。高三だから、この格好も今年で見納めだ。

表情に曇りや屈託がまるでないのは、彼自身の個性かもしれない。

「やっほう、叔父さんにまもりちゃん。あとじいちゃんばあちゃんも。元気してた？」

対して瑠璃子は、シンプルな黒のセットアップが決まっている。前髪をかきあげる仕草でさえも絵になる女性だ。

「姉貴も、今日はありがとな」

「何言ってんのよ葉二。こういう時はね、校了明けでも駆けつけるもんよ。変なこと口走るかもしれないけど気にしないで」

「……いや、気にするわ」

それにしても——と、まもりは思う。

この亜潟一族、揃《そろ》って父方の辰巳の遺伝子が非常に濃いので、あらためて見ると壮観である。長身のイケオジに長身のイケメンに長身の美女に長身の美少年と、性別年代を問わずよりどりみどりだ。

対して我が栗坂家陣営は、非常にこぢんまりとしていて、華に欠けるのが難である。

（というかお母さんたち、何してるんだろ……）

さすがに不安になってきた。いい加減にしないと、レストランの予約時間になってしまう。

一人でやきもきしていると、ようやく栗坂家の三人がロビーに現れた。

「遅いよ、お父さんもお母さんも！　みんな揃ってるよ！」

「ああすまんすまん。出がけに母さんがな、ガスの元栓閉め忘れたとか言いだしてな」

「まあ。お父さんこそ、革靴の底がはがれて修理屋さんに駆け込んだじゃありませんか」

まもりは実の両親ながら、情けなくてならなかった。どうしてこう、肝心な時に残念なのだあなた方は。

「勘弁してよ、これから顔合わせなのに……」

「それはいいけどさ、まりも」

一緒に遅れてきた、ユウキが話しかけてきた。なんだ弟よ。せめてこういう時は、君だけでもしっかりしないと駄目ではないか。

「何」

「なんでずっと、おでこのところに右手あててるの？」

――おい。聞くか。今それを。

まもりは押し黙り、釣られて周りも静まりかえった気がした。

「い、いやー、オレもユウキと同じで、不思議だなあとは思ってたんだよ。なんか誰も突っ込まないから、触れちゃいけないもんなのかと……」

「……これはね、北斗君。たんこぶ隠しなんだよ」

「は、たんこぶ？」

「そうなの。外すと腫れるから」

まもりは言って、ゆっくりと右手を持ち上げた。額を隠す前髪がなくなると、ぷっくり膨れた患部があらわになった。

「だ、大丈夫まもりちゃん」

「どうしたのいったい」

「……朝ね、寝ぼけてソファから落ちて……床に……ぶつけて……」

どんどん腫れてくるので、小さめの保冷剤をあてて、ずっと冷やしていたのである。

周りの人たちと、目を合わせるのが辛《つら》い。特に大仏隠しに続いて、二度目の馬鹿をさらしてしまった、亜潟夫妻に合わす顔がない。こんなやつが、大事な息子と結婚しようとしているのである。

「た、大変ね。そういうこともあるわよね」

「……あの、いいからご飯食べにいきませんか」

わかっている。たぶんこの場にいる九人の中で、自分自身が一番残念だ。


予約をしていたのは、ホテル内にある中国料理店の個室である。

お互いの顔が見渡せる丸テーブルに、両家ともに着席し、慶事用のコース料理が次々と運ばれてくる。

前菜三種が終わって、フカヒレの姿煮に移ったが、今のところ非常に和やかな雰囲気で歓談が続いている。

「──まあでも、結果としては良かったんじゃないか、葉二」

葉二の父親である辰巳が、穏やかに笑って言った。

「こうやってお会いしても、半分はもとから知り合いみたいな感じじゃないか。北斗までユウキ君と仲良くしてもらっているとはね」

「そうなのよ、父さん。うちの馬鹿息子にはもったいないぐらい優秀な子なのよ、ユウキ君は」

「優秀だなんてそんな」

みつこが謙遜して口元をおさえる。

「本当に気難しい子ですから、いくら大らかな北斗君でもご迷惑をかけていないか心配で心配で。一度ちゃんとご挨拶しなきゃと思っておりましたのに、こんな形になってしまって申し訳ありませんわ」

「こちらこそ愚息がお世話になりっぱなしで」

「ほほほほ」

「おほほ」

顔合わせというより、PTAのご挨拶の場になってしまっている。

ネタにされている高校生二人は、触らぬ神に祟《たた》りなしとばかりに、隣り合ってフカヒレを食べ続けていた。

「みつこさんも勝《まさる》さんも、もちろんまもりさんも皆さん立派な方たちだ。私はとても安心したよ」

「そりゃどうも」

「──ああ、そうだったわ葉二。今のうちに確認しておかなきゃと思っていたのよ」

みつこと話していた瑠璃子が、ふと思い出したように切り出した。

「なんだ？」

「あなたたち、結婚式はどうするの」

聞かれた葉二は、やや間を空けた。

「なんかそのあたりの情報が、ぜんぜん入ってこないから。どうするのかと思って」

「いや、特に考えてはない。今んところは」

「は、本当？　やらないの？」

今度は、まもりに向かっても確認された。まもりは慌てて決まっていることを、瑠璃子に説明した。

「えっと……とりあえずわたしが就職する時に、名字は変わっていた方が手続きは楽だと思うので、入社前に入籍だけはしておこうって話はしてます。その後はおいおいというか」

「向こうの生活に慣れてから考えりゃいいかと思って。な？」

「たわけ、甘いわ！」

瑠璃子が、上品からヤンキーに戻って一喝した。

「悪いことは言わないよ、まもりちゃん。時間ある今のうちに、式だけは挙げた方がいいよ。入社したら、そうそう長いお休みなんて取れないもの。特に新入社員は」

「そ、そうなんですか」

「あんまり呑気《のんき》なことを言っていると、あっという間に一年よ。ねえ母さん」

「そうね。大きなイベントなんだから、ちゃんと先を見越して考えないと」

未来の姑《しゅうとめ》、紫乃にまで諭されてしまった。

不安になってみつこの顔をうかがったら、

「だいたい順序がおかしいでしょう。入籍だけ先なんてそんな」

ああ、実母までぷりぷり怒っている。なんかややこしいことを言いだした。

「こういうのはお式、入籍、それから同居が筋ってものじゃないの？」

「……そ、そんなに駄目？」

「駄目」

「駄目ね」

「考え直した方がいいと思うわ」

まもりは正直に震え上がった。

特に、現役ワーキングマザーである瑠璃子と、管理職で定年まで勤めた紫乃の言葉は、非常に重かった。

「でも、わたしも一応卒論あるし、葉二さんは神戸だし」

「準備はこっちでフォローするから。どうせ男はあてにならん」

その男性が半分以上居並ぶテーブルで、瑠璃子は堂々と言い切った。これに反論するものは、誰もいなかった。みんなフカヒレを食べていた。

「……………なるほど。わかりました……」

「ああでも、きっと可愛いでしょうね、まもりちゃんの花嫁衣装。式場は都内でいいんですよね」

「ええ、それがいいんじゃないでしょうか。うちが川崎《かわさき》で、亜潟さんたちがつくばでしたら、東京の方が何かと便利でしょうし」

「知り合いにウエディング雑誌のライターやカメラマンがいるんで、色々聞いてみますよ」

「さすが瑠璃子さん。助かります」

「教会と人前と神前の式には出たことあるんですが、仏前だけはないんですよね――」

何やらまもりたちそっちのけで、まもりの衣装やら式場やらで盛り上がっている。いいのだろうか、これ。

かと思えば、母のみつこがハンカチを取りだし、目頭を押さえだした。

「みつこさん⁉」

「大丈夫ですか、しっかり」

「……ご、ごめんなさい。自分の時が写真だけのお式だったから、この子がちゃんとバージンロードを歩いて祝福されるんだって思うと嬉《うれ》しくて」

「まあ」

「みつこさん……」

突然の打ち明け話に、紫乃と瑠璃子の目もうるみだした。

「わかります。わかりますよ、みつこさん。うちも教員でしたし周りの目もあって質素に挙げましたけど、本当は打ち掛けもカラードレスも着てみたかった」

「私なんて、彼の親族に反対されまくったせいで、海外で挙げるしかなかったんですよ。おまけに離婚しましたし」

「まもりは幸せね。本当に良かった……」

感極まってさめざめと泣き出す女性たちに、いったいなんと言えば良かっただろう。

（……フカヒレだ）

まもりもまた黙ってフカヒレを食べる側に、回るしかなかったのである。


デザートのごま団子まで食べ終えて、顔合わせは終了となった。

「それじゃあね、まもりちゃん。また今度連絡するから」

「はい、どうもありがとうございます……」

「楽しみだわー」

瑠璃子は息子の北斗を引き連れ、ほくほく顔のままホテルを出ていった。

同じ調子でまもりの両親や、亜潟夫妻とも別れを告げ、最後は葉二と二人になった。

「終わったか」

「凄《すご》かったですね……」

まったくだと、葉二も同意してくれた。

「お袋が打ち掛け着たかったとか、はじめて聞いたぞ」

「おかげで仲は深まったんじゃないでしょうか……」

少なくとも、まもり以外の女性陣の、連帯と結束の絆《きずな》は充分だろう。まさかあんなに結婚式に一家言ある人ばかりとは思わなかった。

こちらとしては、一日綺麗《きれい》なドレスを着る日ぐらいのふんわりしたものしか考えていなかったので、ギャップに驚いてしまう。

「まあとにかく、終わったもんは終わったんだ。とっとと帰るか。それともどっか寄るか?」

「いえ、まっすぐ帰ります。たんこぶあるし……」

「それもそうか。大丈夫か?」

「いいですわざわざ見ないでください」

手を伸ばそうとしてくる葉二を避けつつ、ロビーの出口へ歩き出すと、手前のソファに見覚えのある少年が座っていた。

（ユウキ？）

片手でスマホをいじる丸顔が、こちらを向いた。

「どうしたの。お母さんたちと一緒に帰ったんじゃないの？」

「違う。話があったから、ここに残った」

「話？」

「まりもたちと」

姉のまもりと、婚約者の葉二。両方を見るのである。

これは、かなり珍しいことだ。まもりも葉二と顔を見合わせた。

「あー、わかった大福2号。おまえも時間あるなら、まもりのマンションまで来るか？」

「行く」

ユウキはうなずいた。いったい何があったのやら。

「――そのへん座ってて。わたし、ちょっと着替えてくる」

『パレス練馬』の五〇三号室に帰ってくると、まずは会食用のワンピースを脱いで部屋着に着替えた。ついでに洗面所の鏡で、額のたんこぶ具合も確認したが、今後数日は残念な顔面になりそうでため息が出た。

そして問題の弟は、リビングのラグマットに座り込んでいた。

まもりはラグの上にあるローテーブルに、緑茶の二リットルペットボトルと、漬物と煮物の小鉢を出してやった。

「……なんだこれ」

確認してきたのは、まもりの後に着替えて出てきた葉二である。

「昨日葉二さんが寝てる時に、作っておいたんですよ。ぺっちん瓜《うり》の煮物とお漬物。お茶請けにいいかと思って」

少しばばくさいかもしれないが、煮物は白だしとみりん、醬油《しょうゆ》少々とたっぷりの生姜《しょうが》でことこと煮てある。冷蔵庫でよく冷やしてあるので、味も染みているだろう。楊枝《ようじ》を刺して食べやすくしてみた。

葉二は難しい顔で、それらの小鉢を睨《にら》みつけていたが、やおらキッチンへ向かって何やら作り始めた。

戻ってきた彼の手には、ほかほかと湯気がたつ皿が。

「なんか足りない気がしたんで」

「……いや、そんな作ってどうするんですか」

一種の対抗意識か？　中華食ってきたばかりだぞ。

神戸のベランダから持参してきた、万願寺《まんがんじ》トウガラシを縦切りにして、とろけるチーズを詰めてトースターで焼いたようだ。

――まあいいかと思った。どうせこの後は夕飯を作る気にもならないだろうし、皿にあるものをつまんで、寝るまでだらだらさせてもらうとしよう。

まもりは自分用に温かいお茶を入れ、ラグの近くにあるソファに腰をおろした。葉二もユウキの向かいにあぐらをかく。

「で、大福2号が話したいことってのは、なんなんだ」

まもりは今のうちに万願寺トウガラシを食べてしまおうと、熱々のものを一ついただいた。

ピーマンやシシトウ同様、この手の甘味種は焼くと甘味が強くなる。具はチーズだけかと思っていたが、食べてみたら下にうっすら味噌《みそ》も塗ってあった。変なところで手が込んでいるのが、葉二の作る料理の特徴だった。

「……最近、第一志望変えたんだ。京大の理学部受けようと思って」

「おお、また大きく出たな」

「んー、チーズが伸びる伸びる」

そしてまもりが糸のように伸びる万願寺チーズの端処理に困っている横で、真面目な話が始まっている。

「まりも。うるさい」

「あ、ごめん。おいしいよこれ」

ほのかにスパイシーなので、七味も振ってあるかもしれない。やるなマイダーリンだ。

「聞く気ないなら出てってよ」

「聞いてるってば。京大受けるんでしょう。ユウキあなた、そんなにお姉ちゃんと離れるのが嫌なの」

「違う!!」

ゼロコンマ以下の速さで否定された。少し力強すぎやしないだろうか。

「何それ。なんでそういう発想になるわけ。意味がわからない」

「だってわざわざ関西の大学受けるっていうから……」

「ただの偶然。自意識過剰だ信じられない」

過敏なのは、むしろ顔を真っ赤にしている弟の方ではないだろうか。

「で、大福2号は今回もスランプなのか？　それとも、みつこさんたちに反対されてるとかか？」

「……それも違う」

「じゃ、何が問題なんだ」

葉二に問われたユウキは、緑茶のコップ片手にうつむいた。

「勉強はずっと続けてるし、下宿するのも私立じゃなきゃいいって言われてる……ただ、このこと彼女に言ったらガチギレされた……」

まもりはもう少しで、万願寺チーズの端切れを落としそうになった。

「え、え、えー！　それって例のクラスメイトの女の子？　なんだ、やっぱりつきあってたんだ！」

「大きな声でわめかないでくれよ」

「照れなくてもいいのに」

こちらはおめでたいと思っているのである。思い返してもスタイル抜群の、美人女子高生だった。偏屈ゲーマーのユウキには、もったいないぐらいだ。

「でもそれなら、その子が反対するのはしょうがないよ。急に彼氏が遠くに行っちゃうなんて聞かされたらさ」

「そうじゃないんだ。ただ反対されるならまだいいよ。椎堂《しどう》のやつ、自分まで進路変更するとか言いだしたんだ。行きたい服飾の大学が、東京にあるって言ってたのにだよ」

ユウキは、当時のやりとりを思い出したのか、苦々しくため息をついた。

「僕はもちろん、やめなって言った。そういう理由で志望校変えるのは、不純だし良くない」

「い、言ったんだ不純って」

「でもそしたら、椎堂はもっと怒って僕を蹴った」

「蹴られたんだ……」

喋《しゃべ》りながら衝撃と痛みも思い出したのか、腰のあたりをさすっている。

「だからアガタサン、聞きたいんだよ。起業でまりもの人生曲げるのに、罪悪感とかなかったの？　まりももだ。彼氏のことだけで就職先決めるとか、おかしいと思わなかった？」

どこか切羽詰まった眼差《まなざ》しは真剣そのもので、それはこちらを非難したいからというより、本気で理解したくて聞いているような気がした。

となれば、いい加減な返事をするわけにはいかないだろう。

まもりも葉二も、それぞれ腕組みしてうなった。

問題は、相手が納得するような答えを、こちらが持ち合わせているかだ。

「……そりゃまあ、悩むには悩んだが、最終的には欲が勝《まさ》ったというか……」

「働くだけならどこでもできるし、だったらちょっとでも近いとこの方がいいと思ったんだよね……」

あ、いかん。弟の目が、露骨にがっかりした感じに。年長者の威厳が。

「……本当に、なんにも考えてなかったんだね……」

「いやいや大福2号。こういうのはおまえが考える以上に、勢いとタイミングってのが大事なんだぞ」

「そうそう。早まったかなって思ったこともあったけど、今のところなんとかなってるし！」

「……おまえ、やっぱり後悔してたのかよ」

「そこ気にしますか」

そしてこちらのやりとりを聞いていたユウキが、耐えきれないとばかりに、ラグに横倒しになった。

「なんでそうみんないい加減に生きられるんだ。僕は嫌だ」

──本当にこの子は。我が弟ながら、生きるのが難儀そうで可哀想《かわいそう》になる。

まもりはソファから下り、弟の横に座り直した。寝かしつけでもするように、ぽんぽんと優しく肩を叩《たた》く。

「いい、ユウキ。ユウキがね、すごく真面目でちゃんとしたい子なのはよくわかるよ。わたしなんかとぜんぜん違う」

小さい『ユウちゃん』の頃から、何故《なぜ》かまもりとの違いは歴然としていた。臆病なぐらい慎重で、頭で百考えてから動くタイプ。

そんな彼が真剣に恋をしていて、自分の将来も相手の進路も思いやって考えているのだから、立派なものだ。『ユウちゃん』はきっちりかっちりしたまま成長して、一人前の大人になったわけだ。

「わたしはほら、わりと楽観的で適当な方だから、卒業後のことだって勢いで決めちゃったし、ユウキの目から見たら危なっかしくてしょうがなく見えるかもしれない。もし同じ感じで彼女さんのことが心配なら、その気持ちは間違ってないから安心して。それでもね、彼女さんはユウキじゃないから、ユウキに反対されたってことが悲しくなっちゃったんだよ。ユウキが今思っていることをきちんと伝えてあげたら、その子も冷静になれるだろうし、また違ったものが見えてくるかもしれないよ」

「……そんな簡単にいくと思う？」

「いくよ。あとね、わたしはなんであろうとユウキの味方。フレー、フレー、ユウキ」

これは確実に嫌がられるとわかっていながら、最後につい付け足してしまう。案の定、弟は寒気をもよおしたように身を起こした。

「……なんか色々馬鹿馬鹿しくなってきた」

「その意気だ」

ユウキは、ため息交じりに立ち上がった。

「帰るの？」

「うん。一つだけ言っていい？」

「なに？」

手元に置いていた鞄《かばん》を持ち上げ、こちらを見た。

「まりものそういういい加減さは、キャパのでかさでもあるから、悪いことだけじゃないと思う。僕みたいにねじくれたりしなくていいし。でもそれは、過信しない方がいいよ。まりもがっていうより、周りがまりものこと勘違いするから」

「ユウキ――」

「なんか昼間のやりとり見てそう思ったんだ。それじゃ」

宣言通り、部屋を出ていったのである。

まもりはしばらくラグの上で、弟に言われたことを反芻《はんすう》してしまった。

楊枝に刺した、ぺっちん瓜の煮物を食べる。予想通り味が染み染みで、漬物でもなめらかだった舌触りはしっとり感を増し、熱い緑茶にぴったりだった。

「あいつも一丁前に言うようになったのな」

「ほんとですよ」

つい最近まで、ぴーぴー泣いていたように思うのだが。記憶違いだったろうか。

「でもなまもり。大福2号が言ってたことは、あながち間違いでもないだろ。顔合わせでみんな好き勝手なこと言ってたが、真に受ける必要なんてないんだぞ」

「今のうちに結婚式した方がいいとか？」

「そうそのへん」

「んー、それなんですけどね――」

まもりはラグの上をにじり、あらためて葉二の横を確保した。

「なんか考えちゃうんですよ。ユウキが本当に県外に行くってなると、来年の今頃はあの家にいるの、父と母だけになるんですよね」

しかも二人とも、簡単には顔を出せない新幹線の距離――京都と神戸に住むことになる。

両親は、顔合わせの時点でそのことを知っていたはずだ。そしてみつこは、まもりのウエディングドレス姿を想像して、泣くほど喜んでいるのである。

「こうなると一人娘的にはおとなしく言うこと聞いていた方が、この場合は親孝行かなー、いかな……」

「そうなるんですかね。瑠璃子さんも手伝ってくれるって言うし、なんとかなるんじゃな

「わかった。おまえが決めたって言うなら、俺は特に文句もねえけどさ」

「ちゃんと協力してくださいよー」

距離が近いことをいいことに、葉二がまもりの髪をいじりだし、額の前髪をめくってたんこぶを発見したようで、慌てて戻してなかったことにしていた。むかついたが、そのあと普通にキスもしてくれたので不問に処した。

(なんとかなるよ。大丈夫)

呑気《のんき》にいちゃついているぶんには、ここから本当に自分の首が絞まりだすとは、まるで思わなかったのである——。

＊＊＊

——今から会えない？

試しに電車の中で訊《き》いてみたら、下りる前に了解が取れたので、品川《しながわ》駅前のマクドナルドで晶《あきら》が来るのを待った。

頼んだコーラの氷がすっかり溶けてまずくなる頃、彼女は店にやって来た。

ビッグサイズのTシャツは襟ぐりが大きく開いていて、耳元には校則違反のピアスが揺れていた。当人は、夏休みなんだからいいだろうと主張するだろう。相変わらず、受験生らしさは全くない。

晶は両耳をふさいでいたイヤホンを取ると、しかめっ面のままユウキに言った。

「今さら呼びつけるとかいい度胸してる」

「用事が終わったんだよ。そこ座ってくれる」

晶が、乱暴に椅子を引いて腰掛けた。頬杖《ほおづえ》をつき、ユウキが注文したポテト——これも冷めていてまずいだろう——を勝手に食べはじめる。

いくらなんでも態度悪すぎじゃないのと思ったが、これ以上の要求は難しいとユウキは判断し、本題を進めることにした。

「……正直僕はさ、現実なんてクソゲーだっていまだに思ってるし、オンラインで話した方が君にも優しいことを言えるはずだし、リアルで会うとろくなことにならなくて怒らせてばっかりで実際君は僕を蹴るし」

「何が言いたいんだよ！」

「でもこれは、ちゃんと生身の僕が椎堂に会って言うべきだと思ったんだよ。僕は椎堂が好きだ」

ちょうどその時、後ろの席の体育会系男子どもが、図ったように下ネタで大笑いしてくれたが、負けるものかと己を奮い立たせた。

集中しろ、栗坂ユウキ。こちらは人生がかかっているのである。

「好きだから。僕が京都に行こうが北海道に行こうが、アメリカのボストンに留学しようが、この気持ちは変わらないよ。だから椎堂は、安心して自分が一番行きたい大学受けてほしいんだ」

とにかく前提として知っていてもらいたいことは、それなのである。

晶は面食らったように、マスカラでつやつやした目を見開いている。

「も、もちろん、それで何年か離れることになるとしても、少なくとも僕から椎堂を切るなんてありえないからさ」

「…………ったく、クリボーの馬鹿やろお……なんだよそれ。安心ってなんだよ。ゴーマンな奴《やつ》だな」

ようやく湿った声を絞りだしたかと思えば、拳で目元をぬぐいだした。

おい誰だ。正直に言えば大丈夫なんて言った奴は。姉だ。まりもだ。やっぱりあいつは信用ならない。どうするんだこれ。冷静どころか泣いちゃってるぞ。誰が責任取るんだ。

「おまえが良くても、あたしはどうするんだよ。一人が寂しくて浮気するとか考えないわけ」

「それは——あの、困るかも。いや困る」

何せユウキと違って、晶は陽キャで男女問わず友人も多いし、外見だって可愛い。その気になれば引く手あまたのはずである。気に入られていること事体が謎なのだ。

「……困る。けど、そうなったらちゃんと言ってほしい、と思う。応援できるよう努力するから」

「応援？　するの？」

「したくないけど」

「どっちなんだよ」

けっきょくユウキも、正しい言葉を見失うのだ。

——やっぱりつきあうなんて浮かれたことをしたせいで、己のスペックを見誤ったのかもしれない。晶が言うように、自分は傲慢な奴だった。本来は待っていてくれなどと言える王侯貴族などではないのに。何を勘違いしてふざけたことを言ってしまったのだ。

「あーあーもう、そんなへこむなよ。クリボーなみに頭良くて可愛いやつ、そうそういないんだからな」

うなだれて視線が下がったところで、晶の方から、鋭いデコピンが飛んできた。

今度はユウキが目を丸くする番だった。

「いいよ、わかった。おまえの言葉に免じて、言う通りにしてやるよ」

「じゃあ……」

「でもなあ、クリボー。おまえそこまで言うなら、絶対に受かれよ。落ちたらめちゃくちゃ格好悪いぞ。あと本当に浮気禁止な」

その言葉と、いたずらめいた明るい笑顔に、ユウキの心から雲が消え去った気がした。

「も、もちろん。椎堂もがんばってくれ」

「……あー、こないだの模試で、判定Cだった……」

「C？　なんで。三教科だけなんだよね――」

「おい、ちょっと待って。ここで参考書広げるのかよ！」

「がんばろうって言ったじゃないか」

晶が悲鳴をあげたが、ユウキはかまわず勉強道具をテーブルに並べ続けた。

ついでに後ろにいた下ネタ体育会系軍団が、ようやく席を立った。

「いちゃついてんなよ、リア充が」

そんな捨《す》て台詞《ぜりふ》も降ってきたが、完全に認識を誤っていると思う。相変わらずユウキにとって、このリアルは不可解で、攻略の仕方も判然とせず、すぐにパニクって電源を切りたくなるものだ。

けれど簡単に退場したくはない。

晶を見た。

「なに？」

大事なものが、たぶんここにもあるから。

だったら——とことん戦ってやればいいのかもしれない。

幸いトライアル＆エラーには慣れている。出直せるぐらいの残機もたぶんある。ゲーマーの根気をなめるなというのだ。

「だからなんで笑ってんの」

「さあね」

さっそく飛んできた弾丸をぎりぎりでかわし、冷えたポテトを一本口に放り込んでから、目の前の英文の解説を始めたのだった。

その後の小話

「――よー、秋本《あきもと》ちゃん。おはようさん」

「焼けましたね、チーフ」

それは正味たった四日の盆休みであった。

お盆明けの月曜日、茜《あかね》は旅行の土産を持って『テトラグラフィクス』に出社した。

「わははは。わかる？　ボラでリバーサイドのグラスカッティングしてん」

「草野球の有志で、土手の草取りをされたんですね。お疲れ様です」

「打ち上げのビールがうまかったわ！」

それはそれは何よりである。

「で。秋本ちゃんは、どないしとったん」

「まー、普通ですね」

茜の趣味の一つは、温泉めぐりである。

今回の休暇は岐阜の奥飛騨《おくひだ》まで、一人車を飛ばして行ってきた。泉質は塩化物泉、無色透明の源泉かけ流しで、さらりとした肌当たりの温泉だった。秘湯と謳うだけあって、三千メートル級の穂高連峰《ほたかれんぽう》を見ながらの一杯は最高の一言につきた。茜以外は野生動物しかいなかったので、本当にひゃっほうと叫んでやった。

休憩スペースに、飛騨牛《ひだぎゅう》のジャーキーとクマ牧場のクッキーを置きに行ったら、すでに色々増えていた。

「……このアラモアナ・ショッピングセンターの紙袋入りマカダミアナッツはハワイ弾丸ツアーやったこのみさんだとして、こっちのリーフパイ詰め合わせは誰?」

『銀座《ぎんざ》ウエスト』のロゴも入った洋菓子の箱で、誰が見ても東京《とうきょう》もんの東京土産である。

「それは社長からですよー」

「ああ、そっち」

その東京もんの亜潟葉二《あがたようじ》社長は、今日も自分のデスクで涼しい顔をしている。

海外ブランドの難易度が高いスーツを肩で着こなすプロポーションといい、甘さが皆無の端整なマスクといい、撮影現場に行ったら裏方よりもモデルに間違われるタイプだ。たぶん代打で何枚か撮られるぐらいはしているかもしれないが、今のところ画像検索に引っかかったことはない。

「どうもありがとうございます、社長。私のもあるんで食べてください」

「……了解」

葉二はメールを書いているからか、目を合わせようともしない。一瞬いらっとしかけた茜であるが、

「そういえば社長って、お休みは顔合わせしに帰省されてたんですよね。どうでしたか、うまくいきましたか」

このみの言葉に、そういえばそんな話もしたっけと思い出した。

見目麗しい鬼社長の、唯一の突っ込み所といえば婚約者殿のことであろう。

一時期こちらで一緒に暮らしていたようだが、また東京に帰ってしまったとかで、しばらく弁当（自作だ！）を食べながらしょんぼりしていた。

個人的には、とっととまとまって落ち着いてほしいぐらいだ。顔合わせまできたとならば、それなりに順調ということだろうか。

葉二がようやく手を休めて、顔を上げた。

「特に問題はないぞ」

「あ、良かったです」

「ただ予定より、早めに式挙げることになりそうだ。今年度中のどこかで、まとまった休

みを貰《もら》うことになると思う」

「そうですか。承知しましたあ。もう、めちゃっくちゃ目の保養になりそうですよね。社長のタキシードとか」

「そのへんは向こうに任せてるから、どんなもんがくるかは不明だ」

「ハニー、いっそ金ラメ着ろ金ラメ」

「お笑い芸人じゃねえんだから」

「場所は決まってるんですか？」

「それもあっちの決定待ち」

「楽しみですね」

「面白がってる奴はいるな」

しかしまあ、なんとも淡々とした喋《しゃべ》りっぷりである。

「……そんなに関心なくていいんですかね、自分の式なのに」

つい咎《とが》めるような口調になってしまったのは、葉二があまりに人ごとのように話すからかもしれない。

無駄に整った切れ長の目が、こちらを見た。

「そう言われてもな、秋本。式をやりたがってるのは親や親戚で、式場《ハコ》もまず東京になるからこっちは手の出しようがないぞ」

「そうですね。ある程度はそうですね」

「だろ。わがまま言わねえのが一番だ」

――きっとこの調子で実質丸投げされているであろう、東京の婚約者に茜は同情した。

「おまえらも、油売るのも大概にしろよ。盆明けだろうが、やることは大量にあるんだからな」

あーあ。こりゃあ揉《も》めるぞぉ。

どうか穏当な修羅場ですみますようにと、人ごとながら願ってやまなかったのだった。

三章　まもり、早くテーブルクロスの色を決めてくれ。

時の流れというのは、得てして川の流れにたとえられることがある。

大地を悠々と流れる大河を、数千年の歴史にあてはめてみる場合もあれば、波瀾万丈《はらんばんじょう》の急流に、己の人生を見いだす人もいるだろう。

少なくともまもりのここ一月は、急に増水した石神井川《しゃくじいがわ》の水面で、どんぶらこっこと翻弄される段ボール箱の中の捨て猫のようであった。

（やばい、ほんとに遅刻だよ）

——ようやく残暑も和らぎ、朝晩に涼しさも感じられるようになった九月も下旬。まもりは急ぎ足で、有楽町《ゆうらくちょう》駅前の横断歩道を渡っていた。

今日は久方ぶりに、インターンシップ仲間である『サンフラワー生命の会』の飲み会があるのだ。

指定の店に駆けつければ、すでに東久司《あずまひさし》と日野瑞穂《ひのみずほ》の二人がそろって席についていた。

「ごめん、遅れちゃって」

「いいよー、別に。勝手に始めちゃってるから」

「栗坂《くりさか》さん、酒飲まない人だったよね。これ、ソフトドリンクのメニュー」

瑞穂は浅葱《あさぎ》色の小紋に白黒モノトーンの帯が、艶っぽくも涼しげだ。久司は久司で、相変わらずそつない気遣いを発揮するパーフェクト男子君だった。

「みんな元気そうで良かったよ。声かけてくれてありがとう」

まもりは久司に礼を言い、着席してから店員にノンアルコールのカクテルを注文した。

こうして会おうという話になったのも、皆なんだかんだと言って、それぞれ最低限の行き先が見つかったからである。

「内定ゲットおめでとう、日野さん」

運ばれてきたグラスを、瑞穂のビールジョッキに重ねる。

「まあね。本当にギリギリのギリッギリだったけどね」

「でも決まったんだからいいじゃん」

「最初に受けたインターン先とは、全然違う業界に行くって言うけど、けっきょく当たらずとも遠からずって感じだったわ」

「着物の貸衣装屋さんって、素敵だと思うな」

最初に話を聞いた時、本当にぴったりだと思った。和装が大好きで、キモノ女子な瑞穂にふさわしい職場だ。きっと面接でも、うまくアピールできたに違いない。

「春からは、人様の冠婚葬祭と成人式&卒業式で食っていくのよ。栗坂さん、もし式に呼ばれて振り袖や訪問着着たくなったら、あたしに声かけてね」

「あー、ははは。東君は、教職の採用試験も受けてるんだっけ」

なんとなく話題を逸《そ》らしたくなったまもりは、久司にネタを振った。

「まあ、そうだね。そろそろ二次試験の結果が出るよ」

「どきどきするね。わたしの友達も、ずっと緊張してるよ」

「いーや栗坂さん。賭けてもいいけどね、こいつなんだかんだ言って民間行くよ。備えあれば憂いなしとか言って、ベンチャー以外にもいいとこの内定何本もキープしてやがるんだから。やだやだ」

「日野さんから悪意を感じるなあ」

久司は言葉では怖がってみせるが、芯のところでダメージは受けていないようだ。こういう図太さは、まもりには真似《まね》できないし真似したいとも思わないが、久司の強さでもある。

「栗坂さんは、最近どう。なんかお疲れっぽく見えるけど」

「──う」

気配り男は、目配りも欠かさないのであった。

「ああ。言われてみれば、毛並み悪いかも」

そこは血色と言ってくれ。犬じゃないんだし。

まもりはがっくりきてしまい、ため息交じりにうなだれた。

「……だってなんかもう……いくらがんばっても全然決まらないから、疲れてきちゃってさ……」

「え、どうしたの。メーカーに内定出たって言ってたよね」

「まさかまだ就活続けてんの？」

「違うよ。そうじゃなくて、結婚式場が決まらないの！」

やけくそになって、まもりは鬱憤をぶちまけた。

ぶちまけられた瑞穂と久司は、それこそ斜め上の死角からチョップをくらったようにぽかんとしている。

「……えーっと、その、おめでとうって言うべきなのかな……」

「この一ヶ月ね、もうずーっとずーっと母親とかお義姉《ねえ》さんになる人とかと一緒にブライダルフェアとか相談会とかに連れ回されてでね、こっちの式場はお料理がおいしいとかあっちの式場はお庭が綺麗《きれい》とか、ドレスがどうとかライティングがどうとか比べられないものを並べて一カ所に決めろって言われてるの。ちなみに今日も午前と午後で行ってきました青山《あおやま》と恵比寿《えびす》のレストランとゲストハウス一軒ずつ！　おまけでタダ券貰ったけどいる？」

まもりは一息に言ってから、見積もりとパンフレットでぎゅうぎゅうになったトートバッグを開いて特典のクーポン券を取りだした。なんでも系列でやっているカフェで、お茶やお食事ができるらしい。

瑞穂が、少し皺《しわ》の寄ったクーポンを手に取って聞いてきた。

「……こういうのってさ、新郎新婦で使ってくれって話なんじゃないの？」

「そう言われても、相手神戸《こうべ》にいるから使いようがないんだよ。ねえねえ東君、特典で会場費五十パーセントオフになる式場と、ドリンク無料で衣装代二十五万円引きの式場、トータルで見たらどっちがお得だと思う？」

「ご、ごめん。それはちょっと考えたことがない」

「そうかあ、東君でもか。男の人があてにならないって本当だね……」

「そういう話じゃないと思うけど……」

久司は控えめに反論したようだが、疲労困憊《ひろうこんぱい》のまもりには届かなかった。

「もうね、見れば見るほど選択肢が増えて、自分が何したいかわかんなくなってくるの。終わったはずなのにまた就活やってる気分だよ」

しかも自分一人の処遇を決めるだけで良かった就活と違い、こちらは相手がいるし、両家の希望も盛りだくさんだし、お金の流れも絡んでくるので複雑なのである。

「……うん、なんかごめんね、栗坂さん。式に呼ばれたらなんて話して。今は呼ぶ方で死にそうなんだね」

「ああそうか……式場決まっても、次は招待客のこと考えなきゃいけないのか……！　もう駄目だ……！」

「ねえ東君。どうせだからこのタダ券、使ってみようか。デートってことで」

「え」

まもりが青ざめる横では、新しい恋が始まったとか始まらなかったとか。まあそのあたりは定かでなかったのである。

マンションに帰ってから、葉二《ようじ》とビデオ通話で話をした。

「というわけで、今日行った候補地二軒のあらましです。一軒はパーティもできるレストランで、二軒目がウエディング専門のゲストハウスです」

見積もりのPDFや、会場のHPアドレスなどは、すでに葉二に送付してある。加えて貰《もら》ってきたパンフレットを紙芝居のように広げ、どんな雰囲気だったかを一通り語った。

画面の向こうの葉二は、ジャージの部屋着にヘッドホンを付け、送った資料をタブレットで確認している。

「母や瑠璃子《るりこ》さんとも話したんですが、レストランウエディングはお食事はともかく、着替えや手洗いなどの施設面で高齢の方に優しくないのではないかという話がありまして」

『なるほど。一理ある』

「お庭が素敵なゲストハウスも、そもそも式が二月か三月だとしたら、寒くてガーデンウエディングどころではないということになりました」

『確かに震えるな』

「……本当はお庭が綺麗で、ご飯がおいしいレストランが良かったんですけど、しょうがないですよね」

『まあな』

大量に見てきた中で思った、ささやかな希望だ。葉二もまもりも緑が好きで、食べることも作ることも好きだから、そういうベランダにいるみたいな雰囲気でお祝いができたらいいなと、ふんわりなりに考えたりもしたのだ。

しかしこれは、まもりたちだけが納得すれば良い話ではないわけで。

母みつこや、親戚の夢がある。時季の問題もある。予算も青天井とはいかないとなれば、わがままを口にできるような雰囲気ではなかった。

「つきましては、今回見学した二軒と比較しましても、三番目に見た式場が一番であろうという結論が出ています」

『三番目？』

「あれです、品川《しながわ》のホテル」

『どれだ──ああ、これか』

タブレットの中を探って、目当ての資料を見つけたようだ。黒縁眼鏡の奥で目を細めている。

しかしなんというか──気のない顔である。

話せばちゃんと聞いてくれるし、特に何を反対されるわけでもないのだが、これならサカタの種の通販カタログで、次に蒔《ま》く種を探している時の方が、よっぽど気合いが入っている気がする。

「ここにするなら、手付金払って式場押さえようと思うんですが」

『別にいいんじゃないか?』

「本当に?」

あまりに即答すぎて、思わず念押ししてしまった。

『なんだよ。ここが一番なんだろ。見たとこ予算もぎりぎり範囲内みたいだし、迷う余地なんてないだろ』

「——わかりました。もう一回、もう一回だけ考えましょう」

『おい』

「来週、内定式でそっちに行きますから。そこでちゃんと話し合って決めましょう。それじゃあおやすみなさい」

まもりは頭を下げ、ビデオ通話を終えた。

(ふう)

たとえ遠距離だろうと、顔を見て話せば大丈夫。気持ちを分かち合える。そう思っていた時期もありました。

しかし根本的な熱意やモチベーションが違うような場合、いったいどうやって分かち合えばいいのか、まもりもよくわからないのだ。

せめて直に会えば、人参《にんじん》の種を選ぶ時の葉二ぐらいになってくれないだろうか。

十月に入って、まもりは数ヶ月ぶりに新幹線に乗った。

朝早い電車で新大阪《しんおおさか》駅に到着し、梅田《うめだ》地下の複雑きわまりないダンジョンを突破して、向かったのは株式会社『マルタニ』の本社ビルだ。

大阪梅田《おおさかうめだ》の北にあるこの建物の前に立つのも、最終面接以来だ。感慨深くて思わず手を合わせてしまう。

（ありがとうマルタニさん。社長さんに役員さんに人事の人。あなたのおかげで路頭に迷わずにすみました）

マルタニは、主に文房具や学校教材の製造と販売をしており、そこそこの歴史と規模を持つ中堅メーカーだ。いわゆる『大きすぎず小さすぎずほどほどに』の社風が、周りを高い建物に囲まれるなか、やや遠慮がちな自社ビルの佇《たたず》まいにもあらわれている気がした。

今日はこの中で、内定式がある。

本当に受かって良かったと、気がすむまで念をこめていると、まもりとは少し離れたところで、同じように指を組み合わせてお祈り中の女子がいた。

（脚、長っ。かっこいい人だー）

まともに測れば百七十センチそこそこなのだろうが、締まった胴に対して手足の比率がものすごく高いので、かなりの長身に見える。黒のパンツタイプのリクルートスーツが、宝塚の舞台衣装に見えてしまった。

「ほんま感謝しますわマルタニさん。うちのこと落とさんでくれて……」

彼女もお祈りタイムを終え、閉じていた目を開けた。これがまた瞳も睫毛《まつげ》も色素が薄く、本当に外国の王子様みたいじゃないのと感心していたら、目と目が合ってしまった。

「ど、どどど、どうも」

まもりがしたのと同じように、王子様はまもりのことを上から下まで凝視している。端整な頬の引きつり具合から見て、かなり動揺されている気が。

「ああっ、リクルートスーツ！　もしかして内定式出る人だったりします？」

「そ、そう！　そうです！　そうなんです！」

必死に害はない自分をアピールする。

「良かったー。うちもおんなじや。あたし岩清水桃《いわしみずもも》言います。桃の天然水見たら、うちのこと思い出してください」

「可愛い名前だ！　わたしの名前は栗坂まも――」

そこまで言って、はたと止まった。

はて。ここで名乗るべき名は、『栗坂』でいいのだろうか。

手続きや自己紹介を一本化するために、わざわざ婚姻届の提出時期まで考えたというのに、けっきょく訂正することになってしまう気が。

となると、今のうちに前倒しで『亜潟《あがた》』と名乗っておく方がいいのだろうか。戸籍も免許もまだ『栗坂』なのに？

「ど、どないしたん？」

「いやいやそれはちょっとまずいよね……法にも引っかかるし……」

「な、何か危ないの？」

まもりはたっぷり悩んだ後、吹っ切るように笑った。

「うん。とりあえず、『栗坂まもり』ってことにしておいて」

「なんやそのめっちゃ偽名くさい名乗り！」

すぱんと手の甲で突っ込まれた。本場の人は、さすがにキレ味がいいなと思った。

「そのうちちゃんと名乗るから」

「わっからんわー……」

「ほら、早く中に入ろうよ。ここに突っ立ってたら、会社の人たちに邪魔に思われるかもしれないし」

「ああ、それはあかんね。減点で内定取り消しとかなったら、かなわんし」

手続きについては、後で人事部の人にでも聞いてみようと思った。

あらためてエントランスの自動ドアに向かうが、そこで天啓のように思い至った。

「もしかして——」

「最終面接で隣だった子?」

これも、顔を見合わせるタイミングがほぼ同時だった。

まもりたちは、危うく小娘のように歓声を上げて飛びつきそうになり、慌てて控えめな握手に切り替え気持ちを落ち着かせたのだった。


内定式は、桃やまもりが最終の役員面接を受けた、大会議室で行われた。

まもりたちの年は、製造と販売合わせて五名の新規採用が行われたそうだ。選ばれた男女五名が椅子に座り、社長や役員の挨拶を拝聴し、内定証書を受け取るわけである。

終われば人事課から入社までの課題や、今後のスケジュールを説明され、引き続き会議室で懇親会という名の立食パーティーが始まった。

「ああ、いた、君だ。ベランダが緑色の子」

ケータリングの寿司《すし》を選んで皿に盛っていると、横から声をかけられた。

四角い眼鏡で頭部がやや寂しい、一見して人が良さそうな感じのおじさんである。

確か田中《たなか》部長と呼ばれ、役員面接でもいくつか質問してきた。

今回の内定式でわかったが、まもりが一番希望する、総務部の偉い人だった。

まもりは慌てて、頭を下げた。

「あの——採用してくださってありがとうございます」

「なんのなんの。僕は面白い子大好きだからね。今回もほら、ネタには事欠かない新人さんばっかりそろえちゃったよ」

田中部長はにこにこ顔で、部屋の中にいる内定者たちを指さす。

「うちは吉本《よしもと》かって、社長にぼやかれたぐらい」

「……光栄です」

まもりもその『ネタ枠』の一人なのかと思うと、笑っていいかどうか微妙だった。

「やっぱり今でも総務入りたいの？」

「それは、是非お願いします」

「うーん、でもどうしようかねえ。君のことは、営業部の山邑《やまむら》君が一番気に入って推してるんだよね」

「山、邑……」

田中部長の視線の先にいるのは、他の内定者と話している女性役員だった。

年の頃は、恐らく田中部長と同じ五十歳前後だろうか。光沢のあるシルクのブラウスと、スリットの入った細身のスーツを堂々と着こなして、息子のような年の内定者の言葉に耳を傾けている。

(山邑花子《はなこ》部長!)

忘れもしない、最終面接で助け船を出してくれた、あの女性である。

彼女が自分を覚えていてくれた、何より気に入っているという田中部長の言葉に、一気に高揚した。

うわ。どうしよう。ものすごく嬉《うれ》しい。

「ああでも、やっぱり総務の方が平和でいいかもね。山邑君おっかないから」

まもりが山邑部長に目を輝かせていると、田中部長はひょうひょうと言って去っていった。

それにしても、本当に嬉しい。今はまだ他の内定者と話しているが、隙を見つけて絶対に話しかけようと思った。そして心をこめてお礼を言うのだ。連敗続きの就活の中で、あなたの一言にとても救われたのだと。

「ねえ栗坂さん、ちょっとええ？」

振り返ると、両手の皿に寿司とサンドイッチを山盛りにした王子様がいた。

「なに、岩清水さん」

「桃でええよ桃で。あんなあ、この後はもう流れ解散になるんやて。せやから内定者だけで飲みに行こう言う話があるんやけど」

「わあ、いいね！」

「なら栗坂さん参加ね」

ぜひともお願いしたいところだ。

「あ——でも、ちょっと待って」

まもりはそこで、思い出してしまった。

今日こそは葉二とサシで話して、式場を決めるのではなかったか。

明日は東京《とうきょう》へ帰る予定で切符も買ってあるので、落ち着いて話をするなら今夜しかない。式場の予約も、いつまでも待ってはくれない。

「うーん……」

「基本悩むね」

「ごめん。やっぱりわたしは出られないや。ちょっと先約があって」

後ろ髪が引かれはするが、先に約束していたのは葉二の方である。顔で笑い、心で泣きながらまもりは不参加を申し出た。

「そう？　予定あるならしゃあないわ」

「みんなによろしく」

まもりは残り時間で山邑部長と話そうと粘り続けたが、なかなか人の輪が途切れず、最後に申し訳程度の挨拶をしたところで時間切れとなってしまったのだった。

内定式が終わると、コインロッカーに預けていたキャリーケースを取りだして、六甲《ろっこう》のマンションを目指した。

今回は、JRの神戸《こうべ》線ではなく、一つ山側を走る阪急《はんきゅう》の電車にした。

最寄りの六甲駅は特急や通勤特急が止まらないので、JRより少々時間はかかるが、こちらの方が安いしチョコレート色の車両も優雅でお洒落《しゃれ》な気がするのだ。

電車の中から見える山並みも、就活が一番忙しかった頃は新緑が美しかったが、これからはどんどん紅葉に変わるのだろう。その時までいられないのが残念だった。

六甲駅で下車し、こぢんまりとした駅舎を出ると、その先はゆるやかな下り坂だ。そして坂の途中にあるのが、葉二とまもりのマンション『六甲壱番館《ろっこういちばんかん》』である。

「どうもー、三ヶ月半ぶりのただいまですよー」

返事がないとわかっていても、ドアを開けるとつい独り言が出てしまう。

葉二が帰ってくるのはまだ先なので、暑苦しい黒スーツを脱いで、着替えて待つことにした。

こちらの部屋に置きっぱなしにしていたルームウエアに着替えると、あらためて東京から持ってきた荷物を取りだし、ダイニングテーブルにどさりと置く。

（ふう。紙って重いし、かさばるや）

ちなみに全部、結婚式場がくれたパンフレットと見積《みつもり》書である。ちゃんと測ったことはないが、全てまとめると厚さ三十センチぐらいにはなった。

自分の席で、ぱらぱらと資料を見返していると、テーブルに置いていたスマホが震えた。


葉二『悪い。定時で上がるのは無理そうだ』

短文のメッセージいわく、そういうことらしい。

こちらも考えて、返事をした。

まもり『わかりました。家には到着してるんで、ご飯作って待ってますね』

久しぶりに葉二の作った料理が食べたかったのだが、致し方ない。

まもりはキッチンの冷蔵庫に向かい、中にあるもののチェックを始めた。

下段の冷凍庫に、カチコチの合《あ》い挽《び》き肉を発見。消費期限的に、さっさと食べた方がいいかもしれない。

（よし、この挽肉《ひきにく》は使う方向で考えよう）

あとはなんだろう。野菜室の葉物はかなり乏しく、あと何故《なぜ》か淡路《あわじ》産の玉ネギが大量にある。安売りの大袋でも買わされたのだろうか。

（人参《にんじん》も、ジャガイモもない……けど、なぜかこういうところに『栗坊《くりぼう》』はいるわけね）

キッチンカウンターの上の籠に、収穫済みのミニカボチャが、ちょんとインテリアのように置いてあった。

どうにもイメージが湧かないので、ベランダも見ることにした。こういう時にベランダはいい。冷蔵庫に続く、第二の食料貯蔵庫なのである。

ザルとハサミを持って戸を開け、サンダルを履いて外へ出る。

「お、ミッチー。いい感じじゃないですか」

まもりが神戸に残したままにしていた、温州《うんしゅう》みかんのミッチーは、鉢植えながら数個の実がつき色づきはじめていた。薔薇《ばら》のマロンも、秋咲きのつぼみが膨らんでいる。どちらも環境が変わっても元気なのは嬉しかった。

あとは──。

「ん……なんだこれ。もしかして金時豆《きんときまめ》なの？」

大型のプランターに、見慣れない野菜が生えている。生えているというか、莢《さや》を沢山付けたまま、葉が黄色くなって枯れかけている。

駄目じゃん葉二さん、せっかくの豆ご飯の具がと思ったが、あの葉二にかぎって収穫時をまるまる逃すようなへまをするとも思えない。一個や二個ならともかく、こんなに沢山なっているのである。

つまりこれは、なるべくしてこうなっているということだろう。ジャガイモは葉が枯れてから本番とか、赤くなったトウガラシは、枯れた茎ごと引っこ抜いて乾燥させるとか、そういう類いのやつなのだ。

「あとは……やっぱり夏野菜がほとんどだなあ」

秋向けのリーフレタスや青梗菜《ちんげんさい》なども植えてはあるが、まだ成長途中でもう少し待ちたいところだ。

さあ考えろ、栗坂まもり。今までに見たもので、何が作れる。

「……挽肉と玉ネギでカレー作って……このへんの茄子《なす》とかミニトマトにカボチャも焼いて、後のせカレーとか？」

ジャガイモも人参もないが、それならなんとかなるかもしれない。

よし。そうと決まれば行動開始だ。

まもりはシーズン終盤の夏野菜を中心に収穫し、部屋の中へ持って帰った。

挽肉をレンジで解凍する間、米を量って炊飯器のスイッチを入れ、玉ネギの皮をむいてみじん切りにする。涙が出てきてちょっともう限界というあたりで、けっこうな量のみじん切り玉ネギができあがった。

鼻をぐすぐす言わせながら、その玉ネギをフライパンで炒《いた》める。しんなりして色が変わってきたところで、解凍した挽肉を投入し、これまたせっせと炒める。

「今回は具がこれだけなんで、お水投入しまーす」

全体が浸《つ》かるほど水を入れ、沸騰したら灰汁《あく》を取ってしばし煮込む。

その間にベランダから採ってきた野菜を洗い、茄子は厚めにスライス、ミニカボチャは丸ごと軽くレンチンして、これも食べやすい大きさにスライスした。

ビニール袋に切った茄子とカボチャとミニトマトを入れ、オリーブオイルを軽く回しかけて袋の中でよく馴染《なじ》ませておく。

（これでカレー食べる直前に、グリルで焼いてカレーにのっければ、熱々のをおいしくいただけるわけですよ）

今はまだその時ではないので、袋は冷蔵庫に入れておいた。葉二が帰ってきたら準備しよう。

鍋の玉ネギが柔らかくなってきたら、いったん火を止め、カレーのルーを溶かし、味見をしてみる。

お味のほどは――。

「かっ、辛ーっ！」

強烈に辛い。なんだこれは。

慌ててまもりは、ゴミ箱に捨てた空き箱を確認した。ジャワカレーの辛口。市販のものでも、相当辛い部類だ。

（亜潟葉二ー！　一人しかいないと思って、辛いの買って作ってたな！）

まもりがいる時は、譲歩して一段階落としてくれていたのだが、くそう、油断した。こんなところで、一人お楽しみ激辛会をしていたとは。

できあがってしまったカレーを、あらためて見つめる。それにしたって、あまりに辛くて香辛料の刺激しか感じられないのは酷《ひど》い。もともと肉と玉ネギしか入っていないので、野菜から出るはずの甘味やコク自体も控えめのような気がした。

「……どーしたもんかな、これは……」

ぶつぶつ呟《つぶや》きながら、冷蔵庫を開ける。とにかくもう少し辛さを抑えたい。角を取ってまろやかにしないと、まもりにはしんどい食べ物になってしまっている。

カプサイシンの刺激は、確か牛乳で中和できると葉二は言っていた気が。

牛乳はないが、ここに乳製品のヨーグルトはある。しかも果肉入りのりんご味――甘くて刻まれた果物も入っているやつだ。

「――いいやもう。入れちゃえ」

この瞬間、まもりは悪魔に魂を売り渡したようなものだった。

激辛カレーに、フルーツたっぷりのヨーグルトを一さじ二さじと混ぜ込みながら、考える。もしこれが駄目だったら、何事もなかったように食料庫に入っていたレトルトカレーを温めて出すしかない。鍋の中身はもちろん『ないない』した上でだ。

相当あくどい顔になっていたと思うが、充分にヨーグルトとカレーを馴染ませてから、恐る恐る味見をしたら、天使のラッパが鳴った気がした。

（これは——いける味では？）

さっきまでの暴力的な辛さがややマイルドになり、代わりにりんごがチャツネに似た働きをして、コクも増した気がする。いわゆる『りんごとハチミツ』カレーというか。

うん、いい。これはいい。最近作った中では、トップ3に入る挽肉カレーではないだろうか。

後は葉二が帰ってくるのを待って、具の野菜を焼いて出せば完璧だ。

早く帰ってこないかなと思った。まもり会心のカレーの香りが漂う部屋の中で、わくわくしながら結婚式場のパンフレットをめくっていると、ぶーんとスマホが震えた。

葉二『先食べててくれるか』

無情な一言である。

まもりはしばらく、そっけない一文を凝視してしまった。

まあ、仕事が終わらないのはしょうがないし、先に食べろと言うなら食べてやろうと思った。カレーは鍋いっぱいあるし、焼き野菜だって、葉二が食べるぶんは焼かずに置いておけばいいのだ。

(いいですよ、それじゃあ先食べちゃいますから)

多少拗《す》ねた気持ちにはなったが、まもりは魚焼きグリルに一人分の野菜を並べ、火を点《つ》けた。

茄子もカボチャもこんがり焼き色が付き、ミニトマトのシシリアンルージュも充分加熱して皮が弾《はじ》けたところで、後のせの具は完成。炊きたてご飯をカレー皿に盛り、熱々のルーをかけ、さらにこの焼き野菜を載っければ、夏の尻尾《しっぽ》を残した焼き野菜カレーができあがりなのである。

「いっただっきまーす」

家に一人しかいないと知りつつ、まもりは当てつけのように声に出してスプーンを手に取った。

あらためてちゃんと食べてみるが、カレーはほどほどにスパイシーでほどほどにフルーティ。グリルで焼いたカボチャも茄子も、オイルを馴染ませていたおかげで乾燥もせず、野菜本来の旨《うま》みが凝縮されて香ばしく焼き上がっていた。シシリアンルージュの甘酸っぱさときたら格別で、スプーンで潰してルーと一緒に食べるとまた味わい深いのだ。具がごろごろと大きいので、お肉を挽肉にするのは正しいチョイスだったと言えよう。

「ほらねー、ちゃんとおいしいじゃないの。わたし偉ーい」

できれば葉二の目の前で、このおいしさを見せつけてやりたかったが、いないので仕方がない。

しっかり完食して、自分のぶんの皿を洗っても葉二は帰宅せず、まもりは風呂にも入ってしまうことにした。

ゆっくり長風呂をして出てきても、やはり葉二は帰っていなかった。スマホの方も、うんともすんとも言ってこない。

話し合い用のパンフレットを、テーブルの上に積み上げたまま、テレビも点けずに待ち続け、そして、気がついたら深夜十二時近くになっていた。

（……何やってるんだろう、わたし……）

徒労だ。こういうのを徒労と言うのだ。すっかりふてくされた気持ちになり、一人ベッドにもぐって寝てしまうことにした。

そして——本格的に意識がなくなった頃。

「まもり」

「ぎゃっ」

寝ている布団にいきなり人が倒れ込んできたので、悲鳴をあげてしまった。

直前まで見ていた夢の中では、スイーツバイキングの途中で地震が起きた感じだったが、現実ではスーツを着た成人男性が、海岸に打ち上げられた遭難者のように倒れているわけである。

「……悪い。ちょっと仕事でトラブって、立て直すのに時間かかった……」

そういうことを、うつぶせのままもそもそ話すわけである。

決してこちらの目を見ようとしないで。

後ろ暗い自覚ぐらいはあるのだろうか。

「……仕事、仕事って」

まもりはたまらず起き上がった。

「わたしだって今日は内定式で、その後の飲み会断ったんですよ。話し合えるのは今日しかないってわかってたから！　初めが肝心なのに！」

「まもり、だから悪かったって」

「ばかー！　やる気ないならそう言え！　指輪や挨拶の時は、早くしろってせっついたくせに。なんでわたしばっかかこんな気持ちにならなきゃいけないの」

「そういうわけじゃねえって。落ち着けって。遅れたのは謝る」

「あれか、釣った魚に餌はやらないってやつか！　このおたんこなすの唐変木がー！」

「頼む今何時だと思ってる」

言い訳をしようとしている葉二の顔面に、余っていた枕をぶつけてやった。

そうして荒ぶるまもりが枕を振り回し、寝室がすっかり埃《ほこり》っぽくなってから、ダイニングテーブルに移動した。

「……というわけで、これより会議をはじめます」

「ああ。よろしく頼む」

すでに深夜二時を過ぎていた。

まもりはパジャマ姿で、直前まで泣いていたので真っ赤な目のまま、パンフレットの山を葉二の前に置く。

葉二はスーツのネクタイを歪《ゆが》ませ、髪もぼさぼさだったが、神妙な顔で一番上のパンフレットを手に取った。

「ちゃんと読んでくださいよ。せっかく持ってきたんですから」

「わかってる」

そう言って彼は、黙ってページをめくっていき、終わるとまた次の一冊を手に取った。

だんだんその目が真剣になっていき、気になるところは戻って確認し、二冊並べて違いのチェックまではじめた。

まもりは嬉《うれ》しくなって聞いた。

「ど、どうです？　そのゲストハウスが気になります？　わたしも最初いいなーと思ったんですよ」

「………………豪勢な紙とインク使ってんな、ちくしょう。印刷所どこだよ」

「——葉二さん」

「悪い」

グラフィックデザイナーの職業病からくる文句が垂れ流しになっていたが、まもりが冷ややかに名を呼ぶと我に返ってくれた。次やったら殺すとまもりは思った。

「仕事じゃありません。わたしたちが式を挙げるとこを探すんです」

「いや、それはわかってる。一通り見てみたけどな、俺の意見は変わらないぞ」

「……品川のホテル？」

「ああ。みつこさんと姉貴が挙げた条件と時期で、予算も合うってなると、やっぱりここしかないだろ」

葉二はパンフレットの山の中から、問題のホテル関係のものをピックアップした。

そこは建物の構造上の関係で、バンケットルームやチャペルから見える庭はなく、アットホームというよりは都会的な雰囲気が売りで、料理も試食した中では平均点だった。しかし、交通の便はすこぶる良く、設備も充実している。

「……やっぱそうですかー」

「俺はそう思う」

「好きなドレスあるかな」

「おまえならなんでも似合うだろ」

普通に考えれば褒められているはずなのだが、あまり嬉しい気分にならなかった。これで最初に思い描いていた、レストランウエディングやガーデンウエディングの線が、完全になくなってしまったからかもしれない。

「……わかりました。なら帰ったら、母と瑠璃子さんに報告して、式場予約します」

「俺がやろうか？　電話するだけならここからでもできる」

「そうじゃないんですよ。別に動くのが嫌ってわけじゃないんです」

ただ、始める前はもう少し、二人であれこれ希望を出して、わくわく楽しい気持ちになるものだと思っていた。

実際はあちこち奔走して、沢山悩んで、消去法でこれしかないかと決めたわけである。

なかなか『なんとかなるか』というポジティブなところまでいけず、それだけが少し誤算だった。

「あとな、まもり。なんか俺に言いたいことあるか？」

葉二に優しく問われたまもりは、少し考えて言った。

「……今日のカレーは、会心のカレーだったんですよ」

「後で絶対食うから」

葉二の大きな手が頭に乗り、それから久しぶりに一緒のベッドで寝た。でも、やっぱり朝になったら葉二はまもりを置いて出勤していった。

まもりも自分の生活のため、再び東京行きの新幹線に乗ったのだった。

＊＊＊

──お願い。なんとかなって。

社長の葉二が電話で話し合っている間、茜《あかね》はまともに息ができず、生きた心地もしなかった。

「……はい。それでは今後ともよろしくお願いいたします。はい。失礼いたします」

葉二が受話器を置く。

「オールクリア。納品完了だ」

――ほっとした。

本当にほっとした。

「ああ、良かったあ」

「ちゃんと収まったやん」

手放しで喜ぶこのみと勇魚《いさな》がいる一方で、茜はまず葉二のもとに行って、深々と頭を下げた。

「大変申し訳ありませんでした」

「もういいから。先方も結果オーライって言ってる」

「はい。社長のおかげです」

そもそもこれは、茜がメインで担当していた案件だったのだ。

代理店との連絡の行き違いと確認ミスが重なって、クライアントから『使用に堪えない』と言われるものを提出してしまった。

激しいクレームがきてから、葉二が仕事を巻き取って修正してくれた。

猶予時間はほとんどなかったが、その中で葉二が真夜中まで居残って仕上げたデザインは見事なものだった。怒っていたクライアントを、一発で黙らせた。

さすがは元『EDGE《えっじ》』の精鋭で、フリーでも引く手あまただっただけはある。

ふだんは営業やコンペ向けの作品作りが中心で、直接担当するクライアントの数は茜や勇魚よりも少ないが、やはり彼は一流のデザイナーなのだと痛感した。

「……あの……もしかして昨日、予定とかあったんですか？　めちゃくちゃ時計気にしてましたよね」

あれは、修正のデッドラインを気にしてのことだと思っていたが、今思えば別の意味があったのかもしれない。

葉二の端整な切れ長の目が、じろりとこちらを睨《にら》みつけた。

「過ぎたことをほじくりだすな」

うわあ、図星だ！　自分最低だ！

「本当にすみません。すみませんでした」

「ああもう、ええやん秋本《あきもと》ちゃん！　それ以上言わんとき。ハニかて気にしとらん言うとるんやから」

「でもチーフ」

「この件は、これで終わり。しまいや。あとやるとするなら、お疲れ様の打ち上げやろ。

秋本ちゃん、今食いたい気分のもんは？」

「え、私はちょっと……」

「ほい時間切れ。ハニはどうや」

「たこ焼き」

葉二はハーマンミラーの高いオフィスチェアに長い脚を組んで座ったまま、ひどくシリアスな顔で考えこんでいる。どうもこちらの聞き違えではないようだ。

「こっちに来て大概のもんは口にしてみたと思うが、これはまだなんだよな……店とかよくわからねえし。なんだおまえら、変な顔して。言えって言うから言ったんだが」

「……そうかそうか。おまえたこ焼き食いたいんか。可愛いやっちゃな。みんなでたこパでもするか？」

「タコパ？」

聞き慣れない言葉を耳にしたように、葉二が眉を跳ね上げた。

「ほれ、休みの日に、家のたこ焼き器でたこ焼いたりするやろ。たこ焼きパーティーの略。知らんのか？」

「いや、そもそも『家のたこ焼き器』なるもんが常備されてる状況がわからん。それはこっちじゃ普通なのか？」

「またた」

勇魚は半笑いのまま、茜の方を向いた。

「関東人がこんなこと言うとるで。どう思う秋本ちゃん」

「……まあ、一家に一台あるのが普通っていうと、大げさかもしれませんね。うちは一応ありますけど」

「小野《おの》ちゃんは？」

「確かに絶対ってわけじゃないですよね。うちも一応ありますけど」

「そういうことや。なんでもかんでも枠にはめたらあかん。うちかてばあちゃんの代からのが一個あるだけや」

「つまりあるものなんだな」

おい、人の話を聞いていたか亜潟葉二。何を納得している。

意外にセンシティブな話題で茜たちが悶々《もんもん》とする一方、葉二は一人解決を見たとばかりに頷《うなず》いてしまっている。

「家で作れるっていうのは、悪くないな」

「おう。ならほんまに週末にでもやるか、お疲れ様たこパ。ハニんとこで」

「うちか？」

「集まるなら、おまえんとこが一番近いやろうが。栗坂ちゃんも今おらんのやろ」

「えー、社長のとこに伺ってもいいんですか！　絶対行きます！」

このみがはしゃいだ声をあげた。

「たこ焼き器ってもんを用意しなきゃならんのか」

「心配せんでも、そのへんに売っとるから。俺がやったクッキングヒーターの上に載るやつでええやろ」

「ねー、すっごい楽しみですね秋本さん」

満面の笑みで振り返られた。

「……あ。う、うん」

茜は、間の抜けたタイミングでうなずいた。今さら私は遠慮するなどと言える雰囲気は、大ポカをかましたばかりの立場的にあるはずがなく。

かくして週末の土曜夕方、茜は神戸線の六甲道《ろっこうみち》駅にいた。

（……何やってるんだ、私は）

近畿地方はこの土日にかけて、台風が上陸するかもと心配されていたが、陸に上がる前に熱帯低気圧に変わってしまった。駅の改札を出た時点での雨脚は、ごくごく平凡な秋雨《あきさめ》といった風情である。

「秋本さーん」

切符売り場の前で、小野このみが手を振った。

休日仕様のこのみは、髪も巻いて化粧もいつもより華やかだ。茜は特に代わり映えもせず、靴と鞄《かばん》にいたるまで、通勤時と寸分違わぬ格好で来てしまった。

そこまで労力を割いていられるかという、反骨精神がなかったわけではない。しかし、見た目の差は歴然としていた。

「雨降って残念ですね」

「まあね」

お互い傘をさして、駅を出る。

「転職する時にさ、社員同士で毎月バーベキュー大会するような会社にだけは入らないようにしようって思ってたんだよね」

「あはは。世の中そううまくはいきませんよねー」

ぼやきを笑い飛ばされ、茜は少々むっとする。

もとはと言えば、この集まりに積極的に巻き込んでくれたのは、彼女ではなかったか。

不満が顔に出たのか、このみはこちらの目を見て、くすりと口の端を上げた。

「私は逃げ回るよりは、相手のところに飛び込んじゃえってタイプですよ。どうせどこに行っても人はいるんだし。違います？」

「……そりゃあ、そうなんだけどさ」

「ね、だから楽しみましょうよ。そういう意味で最高の素材ですよ、うちの亜潟社長とか。突っ込むのもよし、見守るもよしって」

平然とうそぶくこのみは、茜が思ったよりも底が知れない女かもしれなかった。

確かに前の会社にいた時は、ここまで深い話をしたこともなかった。彼女が言う通り線を引いていたのかもしれない。その他大勢のスタッフの一人だった。

「あっ、ねえ秋本さん。あの前歩いてるの、羽田《はた》チーフじゃないですか？」

「ああ、かもね」

「チーフー！」

このみが横断歩道を渡る、羽田勇魚の名を呼んだ。ビニール傘をさした金髪頭が、こちらを向いた。

「おお、小野ちゃんに秋本ちゃんやないの」

それからは勇魚とも合流して、三人で葉二が暮らしているというマンションを訪ねた。

二階でドアが開くのを待ちながら、茜は勇魚に訊《き》いた。

「チーフは前にも来たことあるんですよね、社長の家」

建物の感じを見るかぎり、立地はいいがオートロックもないファミリー向けの古い物件で、小洒落《こじゃれ》た独身男の選択肢としてはやや意外だった。

「ああ、何度かな。けっこうインパクトあるで、楽しみにしとき」

「は？」

ちょうどそこで、問題の玄関ドアが開いた。

「三人一緒か。よく来たな。まあ入れや」

一瞬、あんた誰よと呟《つぶや》きたくなった。

ドアから顔を出したのは、モードなスーツが標準装備の鬼社長ではなく、黒の三本ラインジャージに黒縁眼鏡をかけた、かったるそうな目つきの三十男だったのである。

——社長か？　社長なのか？

葉二は着古したジャージの首元に、無線のヘッドホンまで引っ掛けていて、たとえて言うならネットゲームにはまったゲーム廃人だった。

「なんか文句あるか、秋本」

「いいえ。平日の社長とギャップがすごいなと」

「切り替えははっきりしてた方がいいだろ。秋本こそいつも同じ格好で疲れないか」

「疲れるっていうか……」

どうやら日頃のあの服装は、平日の仕事でのみ使用するコスプレらしい。しかも常識的だと思っていた自分のコーディネートを、そんな風に言われるとは思わなかった。

「その首の、ネトゲでもやっとったん？」

「いや、ちょっとあっちと話しててな。ウェルカムボードがあろうがなかろうが死にゃしないのにな」

　葉二は廊下を歩きながら、指摘されたヘッドホンを引き抜いて部屋の中に放り込んだ。ドアを閉めて移動した先が、リビングとダイニングキッチンである。

「……本当に買ったんですね、たこ焼き器」

　茜のつぶやきに、葉二は真面目くさった調子で頷き返した。

　高い酒が並んだバーカウンターと、オーディオセットに囲まれた男の幻想はすでに捨てていたが、かわりにあるのが大型のダイニングテーブルと、クッキングヒーターにたこ焼き器なのである。まるで実家に帰ってきたような気分になってしまった。

「とにかく言われたもんは全部揃《そろ》えたぞ。勇魚、後はおまえに任せていいんだよな」

「おーらい。任しとき」

　勇魚が腕まくりをし、途中のスーパーで揃えた食材を携えキッチンに向かった。

「まず材料な。たこ焼きだけあって、茹《ゆ》でたたこの足はマストやろ。それに天かすと紅《べに》生姜《しょうが》。ハニー、ネギはおまえんとこある言うてたよな」

「ああ。長ネギじゃなくて、青ネギだよな。それなら表にあるわ」

葉二は流しの下からザルを取りだし、キッチンバサミを持ってベランダへ消えていった。

茜は勇魚と一緒に、たこ焼きの生地作りを引き受けていたが、途中でこのみに呼ばれた。

彼女はベランダの出入り口に立って、手招きをしている。

ボウルと菜箸を置いてこのみのもとに行くと、「見てくださいよ、あれ」と表を指さされた。

その先にあったのは——またも意味がわからないものたちというか。大量のプランターと、支柱に支えられたミニトマトやピーマンなどの野菜たちである。

葉二はジャージの背中を丸め、中型のプランターから生える青ネギをキッチンバサミでちょきちょきと切ってはザルに入れて収穫している。

「ああ、秋本に小野か。いいとこに来たな。これ勇魚のとこに持ってってってくれるか」

何事もなかったように、ネギ入りのザルを突き出された。

どう見ても、ちょっとした趣味の範疇《はんちゅう》を超えている。ネギなら表にあるって、そういうことかよ。

「……これ、全部社長が一人で面倒みてるんですか」

「おおむねな。基本食えるものしか育ててねえから」

ふと横を見れば、突っ込み所を愛する小野このみが、興奮を隠しきれずに拳を握りしめている。茜は、何もここまでじゃなくてもと思ってしまった。

豆ご飯の弁当を持ってきた時は、田舎のおばあちゃんかよと思ったものだが、農家のじいちゃんの血まで混じっているようだ。

「いいからほら、ネギ」

「わかりました……」

ザルを受け取ってキッチンに戻ると、勇魚がにやにや笑いながらたこの足を切っていた。

「……知ってましたね、チーフ」

「そういう秋本ちゃんを見るのが、今日の俺の楽しみやねん」

自分までネタにされていると思うと、少し悔しかった。

生地を作り、具を全て細かく切れば、あとはほぼテーブルでの作業だ。

「あ、まずい。返し持ってくんの忘れたわ。ハニ、おまえん家《ち》に竹串とか置いてある？」

「ない」

「あちゃー」

「ないとまずいもんなのか？」

「あれや、たこ焼きひっくり返してクルクルする時に使う串や」

「ないなら割り箸削って作れますよ。やりましょうか」

茜が提案したら、「ナイス！」と勇魚に褒められた。いい年をして指をささないで欲しい。

「というわけで、割り箸とカッターありますか、社長」

「ああ、それはあるからちょっと待ってろ」

葉二から、コンビニで貰《もら》ったとおぼしき割り箸をいくつか受け取り、カッターナイフを借りて、先端を鉛筆のように尖《とが》らせていく。

「……こっちの方が、竹串より安定するから使い勝手いいんですよね。うちではいつもこれでした」

「なるほどな」

「チーフー、ついでにたこぼうずも作っちゃった方がいいですかー」

「ああ、小野ちゃんもナイス。ほんまうちの会社は気がきく奴ばっかや」

ちなみにこのみが言ったたこぼうずとは、鉄板の穴に油を均等に塗るための道具である。店ならだいたい専用の器具があるが、家ではキッチンペーパーなどを二重に丸めて包み、アルミホイルで取っ手部分を固めれば用は足せる。仕上げに油を塗るのにも重宝する。

「これを、こうして、くるくると」

手慣れた様子でキッチンペーパーを丸めるこのみと、割り箸削りを続ける茜を見比べ、葉二はうなった。

「……俺は今、猛烈に異文化に触れている気分だ」

何を大げさなと思った。

基本的に器用な人間がそろっているだけあり、道具作りも仕込みも終われば、あとは焼くだけだ。

卓上のクッキングヒーターでたこ焼き器を熱し、このみが作ったたこぼうずで、薄く油を塗りつける。

「で、熱くなったところで生地を流し込むわけや。じゃじゃじゃーと」

勇魚はボウルから、液状の生地を豪快に注《そそ》ぎ込《こ》んだ。

「おい。穴から溢《あふ》れてるんだが」

「ええの、ええの、それでええの。気にせずたこをぽんぽんと放り込んで、刻みネギと天かすと紅生姜をぶわーっと撒《ま》いて」

「もうどこが穴かも分からんぞ」

「気にするな、ここから巻き返すのがたこパの醍醐味《だいごみ》や！」

何が彼をそこまで駆り立てるのか、勇魚のテンションは上がりっぱなしだった。

生地の水分量はかなり多いが、ふつふつと沸騰しある程度固まってきたら、茜が作った割り箸の返しを使って、おおまかに区切りを入れていく。

「はいよっこいしょ」

はみ出た部分も内側にねじこみつつ、生地が鉄板から離れるようになったところで、くるりと九十度回転。またしばし待つ。

「な。こうやってころころ回転させながら焼いてくと、最終的にまーるいたこ焼きができてくわけや」

「感動したか」

「たこ焼きの丸さってのは、穴からはみ出た部分も勘定に入れて成り立ってんのか……」

じりじりと焼けていくたこ焼きを前に、葉二が本気で感心しているようなのが、なんともおかしかった。

「ところで勇魚。これの野菜はネギだけだが、キャベツは入れないのか？」

「あ、社長。その話は戦争になることがあるので、やめといた方がいいです」

「そうなのか」

「政治宗教の話題と一緒です」

茜の家では伝統と常識にのっとりネギオンリーだが、大学で出会った友人とやったたこパで、当たり前のようにキャベツが混ざり込んでいて衝撃を受けたことがあった。一人は中部出身で、もう一人は北陸の子だった。

最終的には勇魚が言う通り、丸く綺麗《きれい》に焼き上がったたこ焼きに、たこぼうずで油を塗り、皿に取り分けてたこ焼き用ソースを分厚くたっぷりとかける。

「マヨいらん人」

誰も手をあげなかった。

「おっしゃ。なら俺だけやな。他のやつにはマヨとかつぶしと、青のりもぎょうさんかけたれ」

「あとはビール持ってくりゃいいな」

人は大人になると、アルコールがなかった頃の集いを思い出せなくなるのだ。冷蔵庫できんきんに冷えた缶ビールを全員ぶん行き渡らせ、

「はいそれじゃ、お疲れさんでーす」

チーフデザイナー、羽田勇魚の号令のもと、『テトラグラフィクス』社員一同乾杯となったわけである。

「んー、外はかりかり、中はふわとろ。王道ですよ王道！」

このみが返しに刺さったたこ焼きを食べながら、テレビの食レポの人のようなリアクション芸を見せている。

「この生地作ったの、秋本さんなんですよね。たこ焼き粉使ったんですか？」

「あ、ううん。粉だけ余ったら面倒だから、今回は卵と小麦粉とだし汁で作った。あとめんつゆちょっと」

「さすが。おだし効いてて、とろっとろで最高ですよ。おいしいー」

そうなのだ。この『カリ』『ふわ』『とろ』の三食感を出したかったら、なおさら具にキャベツなぞを入れるのはNGだと思うのだが、思想・心情の問題にも関わってくるので沈黙を守る茜である。

焼き方は勇魚が仕切っていただけあって、だしたっぷりのゆるい生地でも危なげなく安定感がある焼き上がりだった。たことネギと紅生姜のコンビも鉄板で、一緒に飲むビールが進むことこの上ない。

（飲み会出るのも、久しぶりだな）

ここのところトラブル続きで、物を味わう余裕もなかった。久しぶりに食べるちゃんとした料理と呼べるもので、たこ焼き程度でも五臓六腑《ごぞうろっぷ》に染み渡ってしまうのかもしれない。

「確かに冷凍のより格段にうまいな」

「おまえそりゃ比べる方が間違ってる」

「秋本、後で生地の作り方教えてくれるか？」

「市販の使った方が早いですよ」

茜が言った瞬間、窓ガラスの向こうが、フラッシュを焚《た》いたように光った。

「お、雷か？」

「音も鳴ったな」

その時はまだ目の前のものを食べるのに忙しく、さして気に留めることもなかった。

だが第二弾や第三弾を作り、それをつつきながら仕事の反省会だの今後の展望だのをぐだぐだと話し合っている頃。

再び窓の外が、白く光った。

「あー、まらあ」

酔いが回ったこのみは、『まただあ』と言いたかったようだ。

しかし直後にベランダの方で、物が倒れる大きな音まで響いたから、みな一瞬で我に返った。

「――まずい」

葉二が血相を変え、椅子から立ち上がった。

リビングの掃き出し窓を開けると、大粒の雨が混じった風が、猛烈な勢いで吹き込んできた。

このみが悲鳴をあげた。

「うそー、いつの間にこんな酷《ひど》くなってるんですかー！」

暴風雨である。

葉二の野菜だらけのベランダも、もちろん無傷とはいかなかった。背の高い鉢のいくつかが、風でなぎ倒されてしまっている。さきほどの大きな音はこれのようだ。

「秋本。ちょいとこれ広げてくれるか」

気づけば葉二が、隣に立っていた。彼が渡してきたのは、防水のビニールシートのようだ。

「どうするんですか社長」

「入れられるものから、中に運び入れるから」

葉二はそれ以上何も言わず、豪雨のベランダへ出ていく。そうして雨風にさらされる鉢やプランターを、部屋の中へと運び入れていった。

茜たちも傍観しているわけにはいかず、代わる代わるベランダへ出ては入りを繰り返した。

「あの、すいません！　この茄子《なす》と豆のプランターも運ぶんですか！　かなり大きいんですが！」

「手に負えないやつはこうだ！」

葉二がいきなり支柱ごとプランターを横倒しにしたので、ついにキレたかと思った。

「初めから倒しときゃ、突風でなぎ倒されるよかダメージは少ない」

ああ、そういう理屈か。しかしやることなすこと、突拍子もない人だ。

次に彼は小さな薔薇《ばら》の鉢を手にした。どこもかしこも食べられるものだらけのベランダで、繊細なピンクの花は間違え探しのように浮いていたが、大事そうに抱えて運び入れていた。

――そして。

おおむねめぼしい鉢は全部室内に入れることができたが、その頃にはメンバー全員ずぶ濡《ぬ》れになっていた。

「なんでこんなことに……」

「……み、水もしたたるええ男やな……」

台風は熱帯低気圧に変わったと言っていたが、余波もなめてはいけなかったようだ。

「このみさん、この雨いつやむの……」

「やむっていうか、大雨と洪水の警報出ちゃってますよー。電車どんどん運休になっちゃってるー」

このみがスマホを操作しながら、半泣きの声で言った。冗談だろう。外ではいまだに稲光が閃《ひらめ》いている。

「ハニー、今日はもう泊まってってええよな」

疲れた声で勇魚が言う。葉二も同じく消耗した面持ちで「そうしてくれ」と呟《つぶや》き、水滴だらけの眼鏡を外したのだった。


順番に社長宅のシャワーを借り、濡れそぼった服はドラム式の洗濯機で、洗濯と乾燥までお願いした。

寝室を葉二が、勇魚がリビングのソファを寝場所に使い、残りのスペースは鉢とプランターで占拠されているので、茜とこのみは仕事部屋だという洋室に、客用の布団を敷いて休むことになった。

「秋本さーん、これ社長が使ってくれって」

茜が布団の位置を整えていると、このみがドアを開けて入ってきた。

風呂上がりの彼女は、当然だがすっぴんで、着ている服は葉二から借りたTシャツとスウェットだ。茜もおおむね似たような格好である。

渡されたのは、基礎化粧品のサンプルである。

お泊まりセットなど持ってきていなかったので、この天気でコンビニへ走らずにすむのはありがたかったが、謎の気遣いである。

「……なんで社長がこんなん持ってるの」

「あれでしょ、婚約者さんの」

なるほど。腑《ふ》に落ちた。

「これ、ちゃんと許可取ってるのかね」

「さあ。私は知りません」

言いながらも、茜もこのみも容赦なくサンプルを開封しお肌に塗りつけていく。保湿も何もないまま寝られるほど、若いわけではないのである。

しかし、こうなるとますます謎だ。その婚約者は、葉二の私生活がジャージ眼鏡に野菜だらけなことを知った上で結婚しようとしているのか。菩薩《ぼさつ》か何かの生まれ変わりなのだろうか。

「ゴミください。捨ててきますんで」

「ありがとう」

使い終わったぶんを、このみに渡す。彼女は再び部屋を出ていった。

表はまだ雨脚が衰えず、部屋にある北向きの窓にも吹きつけている。雨音がすごいので、茜は立ち上がって窓にカーテンを引いた。

そのまま布団に腰を下ろそうとしたところで、茜はワークデスク上のパソコンが、スリープから復活していることに気がついた。

（あれ、電源入ってたの？）

何かの拍子に、マウスを動かすか何かしてしまったのかもしれない。

画面はビデオ通話用のアプリが立ち上がっていて、しかも相手側のカメラがオンになったままらしく、誰もいない部屋が延々と映り続けている。

画像を見るに、オフィスではなく一般住宅のようだ。長押《なげし》のついた白い壁に、リクルート風の黒いスーツが一着かかっている。このデザイン——女子の部屋か。

ふいに画面の右から左へ、パジャマ姿の人間が横切っていき、茜は死ぬほど驚いた。

年の頃は二十歳をいくらか過ぎたぐらいの、かなり若い女の子だった。風呂上がりらしく、髪はパイル地のターバンで持ち上げてアップにしていた。色白の丸い顔が上気して可愛らしかった。

無防備なその映像を、茜は見るべきではなかったのだ。気づいた瞬間、立ち去るか何かするべきだった。向こうのカメラが動いているのと同様、こちらのカメラやマイクもまた起動している可能性があったのだから。

画面の向こうの彼女と、目が合ってから気づいても遅かった。

（やば——）

相手の顔から、さっと一瞬で血の気が引いた。

茜が亜潟葉二の部屋にいて、彼のTシャツを着て、後は寝るだけのすっぴんをさらしているからに他ならない。

何も言わずにカメラを切ろうとしているから、茜は張り付かんばかりに近づいて叫んだ。

「お願い切らないで！　誤解だから！」

聞こえていないのか。ミュートになっているのか。床に葉二が使っていたヘッドホン——たぶんマイク内蔵のやつだ——が落ちていたので、もう一度同じことを叫んで部屋を飛び出した。

「どうしたんですか、秋本さ——きゃっ」

茜は戻ってきたこのみを押しのけ、隣の寝室のドアを開けた。

「社長！」

しかしいない。舌打ちしてリビングに向かう。

葉二は野菜の鉢植えだらけの空間で、勇魚と一緒に水割りを飲んでいた。

「なんだ秋本、静かにしろよ」

「カメラ！　ついてた！　ミュートになってなかった！」

焦るあまりジェスチャーが先行し、出てくる言葉が単語ばかりになってしまった。

「いいから早く、説明してあげてください。彼女絶対誤解してると思う」

茜の目つきが鬼気迫っていたからか、葉二もようやく状況を察したようだった。

キッチンカウンターにグラスを置いて、葉二が問題の仕事部屋に向かう。茜もすぐに後を追った。

「ねえ秋本さん、何があったんですか」

「すっごいまずいこと」

仕事部屋のパソコンに、すでに葉二の婚約者の姿は映っていなかった。葉二がヘッドホンを取り上げ「まもり？」と呼びかけている。

本当に間が悪いことをしてしまった。

画面の向こうにいた、学生風の女の子の表情が忘れられない。それは怒るでも悲しむでもなく、何かの糸が切れてしまったような虚《うつ》ろな目をしていたのである。

＊＊＊

いくら理不尽な目に遭おうがなんだろうが、やるべきことは待ってくれない。となれば、こちらに求められる対応はなんだ。無だ。無の境地で行くしかない。

まもりは卒業論文の調べ物で大学図書館の地下に引きこもっていたが、なんとか一段落つけて地上に出ると、外はすっかり暗くなっていた。

（だいぶ日が短くなってきたなー）

あと一週間もすれば、十月も終わる。その後は、最後の大学祭だ。

まもりが何をするわけでもないが、毎年『ミルミル』の上映会を楽しみにしているので、今年の演目が気になってしまう。きっと小沼周《こぬましゅう》が撮った映画が、後輩の手によって再編集されたものが上映されるのだろう。あるいは後輩たちの奮起により、新作が拝めるか？

詳しいことは湊《みなと》が知っているだろうから、何かのついでに聞いてみようと思った。

機内モードにしていたスマホを切り替えると、葉二から新しいメッセージが届いていた。

中身は確認していないが、たぶん昨日相談した装花とテーブルクロスの色についての回答だろう。

——例の一件が相当気まずかったのか、最近の葉二はだいぶマメになった気がする。

部屋に知らない女性がいたことについては、すぐにその場で釈明され、一緒に泊まっていた会社の人たちまで画面越しに引っ張り出して紹介してくれた。そのときの神戸市内に大雨洪水警報が出ていたこと、突然の泊まりで着替え一式貸し出す必要があったことなど、理論だって説明をされればまもりも嫌とは言えない。はあそうですかそれは大変でしたねと、頭に洗顔用のターバンをつけたまま頷《うなず》いたものだ。

しかし、なんの心構えもなくパジャマ姿で会社の人に引き合わされたこと、しかもうち二名が女の人だったことについて、まもりの気が完全に晴れたわけではなかった。

まもりはずっともやもやしているし、それに感づいているのかなんなのか、葉二は顔色をうかがうようにまもりに協力的で返事もマメになったわけである。

さて。翻ってこの、葉二のメッセージはどうしよう。

今は調べ物で疲れている。お腹《なか》もすいてきた。とてもまともに向き合う気力がなかったので、開かずに置いておくことにした。

「おーい、まもりー！」

鞄《かばん》にスマホをしまおうとしたら、湊が小走りにやってきた。

「良かった、ちょうどいいとこにいた。さすが親友さー」

「どうしたの、湊ちゃん」

最近の具志堅《ぐしけん》湊のトピックといえば、面接対策で長かった髪を二十センチ近く切ったことだ。その短くなった髪を肩の上で揺らしながら、まもりの前で急停止した。

「あのね、今日結果発表だったんだ」

「結果発表って……もしかして教員採用試験の？」

「そう。本命の東京都」

「うわあ、そうなんだ！　ってことは合格したの？」

「ううん、それがわからんさー」

あっけらかんと返され、まもりは目が点になった。

「……えーっと」

「ここにね、ホームページに発表されてるの。今日の朝十時から。開けば秒でわかる」

スマホを差し出されましても。

「開けばいいじゃん」

「駄目！　むり！　怖い！」

「怖いって」

「だからまもり代わりに見てよ！　お願い！」

「いやいや駄目だよそういうのは！　ちゃんと自分で確かめなきゃ！　受かってても落っこちてても」

「落ち、落ち」

「受かってるかもしれないから！」

やだやだ怖いと駄々っ子のような湊に、スマホを押しつけられたり押し返したりと、その場で長々と問答を続けてしまった。


――そして、十分後。


「……やっぱりね、自分の目で見た方が後悔が少ないと思うんだよ」

「まもりのいけず……」

「ほら、見ててあげるからさ。がんばって」

まもりたちは近くのベンチに移動し、湊は自分のスマホを抱えてしょんぼり肩を落としている。

「あーもー」

湊がやけくそのように叫んで、スマホの操作をはじめた。まもりはその意気だとシャドウボクシングで応援を続ける。

問題の発表ページにたどりついたらしい湊が、意を決したように画面をタップしてスクロールする。

「……み、湊ちゃん」

「…………た」

湊はうつむいたまま、かすれた声を絞り出す。

「あった。私合格したよまもりー！」

「本当？」

「めっちゃ嬉《うれ》しい！」

湊が歓声をあげて抱きついてきて、まもりも一緒になって大喜びした。

「良かったね、おめでとう！」

「受かったー、マジで受かったー！　信じられない」

一生懸命やっていた湊のことだ。きっと採用されると思っていた。だからなおさら本当に喜ばしい。

「ほら、小沼君に教えてあげなくていいの」

「ああ、そうだった。ちょっと待ってて」

湊はその場で、いそいそとメッセージアプリを立ち上げている。しばらく文字のやりとりが続き、満面の笑みで顔を上げた。

「これからこっち迎えにくるって。飲み屋で乾杯しようだって」

「いいねー」

「まもりも一緒する？」

「今日は二人で打ち上げしなよ」

そこまで野暮になる気はなかった。

湊はそれからも、沖縄の家族や友人知人に連絡を取り、沢山のお祝いの言葉を貰《もら》っていた。

「あー、ほんとほっとした。やっと決まったんだ」

「おめでとう」

「今だから言うけど、結構きつかったよ……仲間うちで私だけ、いつまでも宙ぶらりんだったからさ」

笑い混じりの呟《つぶや》きだったが、それは湊の本音のような気がした。

まもりとて楽な就活ではなかったが、周囲が次々に落ち着き先を見つけている中、発表時期が遅い教員一本で勉強を続けるのは、並大抵の意志ではできなかっただろう。

本当に報われてよかった。

「春から都立高校の先生だ。具志堅先生」

「まもりはメーカー勤めか」

「小沼君が映像制作会社で」

湊がこちらを向いて、目を細めた。

「あ、ねえ。そういえば佐倉井《さくらい》君って、けっきょくどこ行くことなったの？　お役所関係で、何個か採用通知貰ったってとこまでは聞いてるんだけど」

「ああ……なんかね、参院か衆院の議員になるとか言ってたかな」

「はあ!?」

「あ、違った。議員じゃなくて職員だ。国会職員」

一字違いでだいぶ違う。

湊が脱力したようにため息を吐いた。

「ちょっとやめてー、清き一票しちゃうから」

「水産関係のコネが凄《すご》そうだよね」

どちらにしても、まもりたちは考えもしなかったお仕事である。

「そっか。しれっと出世しやがったなぴょん吉先生。今度飲みでいろいろ聞いてやろ」

「その時はわたしも呼んで」

色々な意味で、おいしい宴《うたげ》になるに違いない。

「そう。これからは正々堂々飲みにも行くし、遊びもするし、やっと卒論にも本腰入れられるさー」

「わかる。決まらないと落ち着かなかったもんね」

「卒業旅行はまもりの結婚式があるから無理だけど、式には必ず行くからね！」

「うん、来て来て」

まもりは笑って頷いたのだが、なぜか湊が急に口をつぐんでしまった。

眉をひそめてまもりを見ているのである。

「……ど、どうしたの、湊ちゃん」

「いや、それはこっちの台詞《せりふ》でしょ……なんでそこで泣くの」

「え？」

とっさに指し示された側の頰をおさえたら、驚くことに本当に濡《ぬ》れていた。

「あ、あれ。なんでだろ。あれ？」

「自覚ないのまさか」

「ごめん、ほんと、なんでだろ……全然わかんない……」

　喋《しゃべ》っている間も、目の奥の堰《せき》が壊れたように、どんどん涙が出てくる。慌ててトートバッグをまさぐって、ハンカチを見つけた。このままでは鼻水まで出そうである。

「ごめん。私こそ悪かった。私ってば最近自分のことばっかテンパってて、まもりの悩みとか全然聞いてあげられなかった。嫌なことあったなら話して」

「ううん、別に嫌なことなんてないよ何も」

「んなわけないでしょボロボロで」

「ほんと平気。大丈夫だから」

　まもりはベンチから立ち上がった。向こうに小沼周の姿が見えたので、「ほら、小沼君来てくれたよ！」と言って強引にその場を離れた。

「まもり！」

　聞こえなかったふりをして、足早に歩く。

　だって認めたくない。湊の言葉を聞いた時、無性に『結婚式より卒業旅行に行きたい』と思ってしまったなんて。

　ここまできてひどい裏切りだ。みつこや紫乃《しの》たちの夢を叶《かな》えるために準備をして、パートナーとの温度差にもやもやするより、そちらの方が楽しそうだなと感じてしまったのだから。

電車に乗って『パレス練馬《ねりま》』まで帰ってきて、まもりは一つ思いついたことがあった。

「……あー、これってあれか。いわゆるマリッジブルーってやつなのか……」

状況的に、そうとしか思えない。花嫁様の憂鬱。自分にも一丁前の感情があったのだなと思ったら、少しだけ笑えるような気がした。

かと言って今あるこの、ぽっかり穴が空いたような気持ちが埋まるわけではないのだけれど。

一度引っ込んでいた涙が、またぽろぽろとこぼれてくるので、まもりはもう泣くにまかせて鍵を探した。

「あ、あった。ありましたよ花嫁さ……ひっく」

「なんで泣いてるんだよ、おまえ」

「きゃああああ！」

いきなり背後から腕をつかまれたので、絶叫に近い悲鳴をあげてしまった。

慌てて振り返ったら、いるはずのない男がいた。

亜潟葉二。神戸在住。デザイン事務所経営。仕事中しか着ないスーツ姿で、まもりのことを見下ろしているのである。

「どうして？　出張か何か？」

「その前に質問に答えろよ」

そんなこと、どうだっていいだろうと思った。

見れば見るほど信じられない思いで対峙《たいじ》し続けていると、いきなり隣のドアが開いた。

「く、栗坂先輩！　通報しましょうか！」

福武夏癸《ふくたけなつき》が、震える手でスマホを掲げる。

葉二はその夏癸をにらみ付け、

「必要ねえよ。俺の婚約者だ」

ドスのきいた声とともにまもりの肩を抱き、五〇三号室へ入った。

「……あんな言い方ってない」

中に入ってすぐ、まもりは葉二に抗議した。恐らく夏癸は、心配して出てきてくれたのだろうに。

「しょうがねえだろ。話し合うつもりで来たら、肝心の奴《やつ》は泣いてるしよ。そこに関係ない野郎が出てきたらブチキレもするっつーか……」

そういう話を、廊下を先に歩きながら弁解してくるわけである。

そして間が悪いことに、部屋の中はけっこう散らかっていた。人が来るなんて想定していなかったのだ。一瞬葉二の顔をうかがうが、まもりは弁解するのをやめた。勝手にやってきたのは、葉二なのだ。いつもいつもぴかぴかでにこにこなんて、していられない。

「インスタントのコーヒーならありますけど、飲みますか？」

「ああ、頼めるか」

そしてまもりが心に決めたからか知らないが、葉二もソファに置いた洗濯物やカタログには言及せず、ダイニングセットに腰掛けた。

ポットのお湯でコーヒーを二人分作り、葉二のところへ持っていく。

スーツのジャケットを脱いだ葉二は、あらためて見ると画面越しに見るより痩せたような気がした。

「話がしたいと思ってたんだ、ずっと」

「なんで？」

「そうしなきゃ駄目になるような気がしてたからだ。ここんとこずっと」

そんなの全然理由になっていないとまもりは思った。繋《つな》がろうと思えば、スマホやＰＣでいくらでも繋がれるのに。平日に高いお金かけてまですることか。

「……コミュニケーションなら、やってるじゃないですか。昨日だって長話したし」

「あの木で鼻をくったみてえな態度がか？　やってるのは式に向けての報告だの連絡だの相談とかだろ。その間にどんどんおまえの中で不満がたまってくんだ」

「不満って。じゃあどうすればいいんですか。わがまま言ってみんな困らせた方がいいって言うんですか」

「ああそうだよ」

間髪いれず返されて、激高しかけたまもりは言葉につまってしまった。

葉二は椅子から立ち上がると、テーブルの前にいたまもりのことを、両手で引き寄せ抱き締めた。

（――――）

それは少しの身じろぎも許さないというほど強いものではなかったが、しっかりと葉二の存在は感じられる抱擁だった。

「今日は思う存分な、枕でもなんでもぶつけてもらうために来たんだ。俺はここにいるから。まもりがなんで泣きたいのか教えてくれ」

相手の心臓の音が聞こえ、同じぐらいに自分の鼓動を意識した。

ずるい、と思った。雑。その上で無神経。いきなり来て、急にわがままになれなんて言われても、何を話せばいいのだ。

でも、ここにいる葉二が本物で、色々と限界らしいまもりに会おうと思ってくれたなら、それはとても——救われることのような気がしたのだ。

（あったかいや）

嬉《うれ》しいと思っていいのかもしれない。

「おまえにシャッター下ろされると、こっちはこうするぐらいしか手立てがなくなるんだよ。芸がなくて悪いけどな」

このままだと相手のシャツが汚れると思い、まもりは身じろぎしてごしごしと涙をぬぐった。

「……だってもう、変なんですよわたし。自分で決めたことなのに嫌になってる。ぜんぜん楽しくない」

「そうか。楽しくないのはよくないな」

「わたしだけやってる気持ちになってる。ひとりぼっち。葉二さんぜんぜん協力してくれない。なんでもわたしに決めさせようとする」

「確かにそうかもしれない」

「わかってます。ただのマリッジブルーですこれ。ドレスとか勝手に決められたらそれはそれで嫌だし、神戸にいる葉二さんができることは限られてるんだから」

「いや、そうじゃない。おまえがそう思うんだから、それであってるんだ。そういうのが聞きたかったんだ俺は」

葉二は椅子に座り直すと、テーブルの上で指を組み、難しい顔で考え始めた。

「あのな、まもり。これは一つの提案なんだが——いっそ結婚式やめないか？」

まもりは、あまりといえばあまりなことに、口を開けそうになってしまった。

「……あてつけですか？」

「違う。やめるっつーか、仕切り直しだ。もともとおまえ、式挙げるなら庭が見えて飯がうまいとこで挙げたいって言ってただろ」

あんなぼやき、よく覚えていたなと思った。

「……そうですよ。でも色々考えて、無理だったじゃないですか」

「時季が悪い、施設がどうだって？　それはみつこさんや、姉貴やお袋の意見だろ。おまえのやりたいことがそこに一個もねえから、楽しくねえしやらされてる気分になるんだ。違うか？」

葉二は、向かいへ座ったまもりの目を、正面から覗き込んでくる。整っているが、見ようによってはきつく見える顔だちが、その時は少し優しく見えた。

「だからいったん白紙にして、おまえが神戸に引っ越してきてからまたあらためて考えないか。その頃なら、俺も近くで一緒に考えられる。気候的にも、ガーデンウエディングだってなんだってできるだろ」

確かに葉二の言う通りにできれば、どんなにいいだろう。

けれどまもりは、うなずくよりもまず尻込みしてしまった。

「母とか瑠璃子さんに言えないですよ、今さら白紙にするなんて」

「それは俺が説明するから気にするな。俺の気が変わったってことで、頭下げて納得してもらう」

「キャンセル料かかります」

「もちろんこっちで全部かぶる。痛いは痛いが、勉強料だ」

なんだろう。あれだけまもりのまわりでざわざわと鳴っていた不安の芽が、葉二の鎌でどんどん刈り取られていく感じだった。

「おまえ笑ってんのか？」

想像上の葉二が面白かったからだとは、とても言えない。

「ううん……招待状出す前で良かったですね」

「よし。方針は決まったか」

楽しくないと口にするまで、ずっと体の芯が強《こわ》ばって眠れなかった。怖かったんだなと今さら思った。

「あのね、葉二さん。あともう一個だけいいですか」

「おお、なんだ。どうせならなんでも言っとけ」

今ならどさくさで言える気がする。

「……その。いくらお友達とか会社の人でも、あっちの部屋に女の人上げる時は一言断って」

先日の飲み会の件。ずっともやもやしていたから。

別に一対一ではなかったし、そこに干渉していいものか迷っていたが、それでもだ。

ただ、葉二は思ったよりもあっさり「了解」と受け入れた。むしろ聞く前より機嫌がよくなっているような気がするのは、まもりの気のせいだろうか。

「で、他には？」

あとは――。

まもりは少し考えて、さすがに恥ずかしいかと思いながらも付け足した。

「……葉二さんの作ったご飯が食べたい」

もうずっとずっと食べていないのである。

聞いた葉二は、まもり以上の激しいリアクションで笑い出した。

「ひどい！」

「いや、悪い。マジで悪い。でもな……！」

ひーひー笑い転げて、腹筋が痛いとまで言われた。あんまりである。

それでも葉二は、ちゃんとまもりの願いを聞いて、まもりの部屋のキッチンに立ってくれた。

冷蔵庫を開けるなり、「相変わらずろくなもんがないな」と駄目出しをくらってしまったが。

「しょうがないでしょう。来るなんて知らなかったんですから」

「行くつもりだっていうのは、朝から予告してたんだけどな。おまえ読みゃしなかっただろ」

「図書館いたから通知切ってたんですよー」

「ああわかった。卵と半端な鶏肉《とりにく》があるようだから、親子丼でも作るか」

それは素晴らしい。

葉二がシャツの袖をまくる。

「あとはネギか三つ葉でもありゃいいんだけどな」

「あ、三つ葉はあります！　そこで切れ端育ててます！」

葉二がやっていたものの見よう見まねで、ガラスコップに市販の三つ葉の根を活《い》けて増やしていた。他に食べ終わった豆苗を、再生させたものもある。

「んじゃ、それ頼む」

「了解！」

まもりは足取り軽く、リビングのローテーブルへ向かった。部屋の中の、数少ないそれらの緑を手にした時、言い様もない幸福感がこみ上げてきた。

二人で協力して、できあがりに向けてわくわくしているこの瞬間が、わたしは一番好きなんだと。

その後の小話

栗坂《くりさか》ユウキはチャットの途中、かねてから気に掛かっていたことを、思い切って訊《たず》ねてみた。

毎年大晦日《おおみそか》になると、家の中が醤油《しょうゆ》というか煮物臭くならないかと。

ユウキ『年越し蕎麦《そば》と、お節作ってるからだと思うけど』

晶《あきら》『え。うちそこまでやらねーよ。お節とかデパートのだし。クリボーのママえらくね?』

――そうか。そういう考え方もあるものなのか。

大学入試の本番まで、あとわずかだった。ユウキも年末の特番やゲームの限定イベントに背を向けて、自室の勉強机で追い込みをしているわけだが、思わずスマホに向かって唸《うな》ってしまった。

「ちょっとユウちゃーん、お台所来てくれない？　味見してもらいたいんだけど」

つまりこうやって母親が、菜箸片手に乗り込んでくることにも意味はあるし、尊重しようという気にもなるというものだ。

「……あら、忙しかった？」

「違う。休憩してたから」

ともすれば、この世の全ての事象を呪いたくなる傾向にあるユウキだが、こうやって別の角度からなだめてくれる友人や彼女の存在は、貴重なのだろう。オンラインゆえの気安さで、沢山感謝の言葉を述べてから、みつこに続いて部屋を出た。

晶に言った通り、台所はお節と年越し蕎麦の準備が進められており、朝からだしや醤油の匂いが充満していた。隣の居間では、父の勝《まさる》がテレビをつけながら網戸の大掃除をしている。

「味見しろって？」

「そうなの。お節に入れるお豆。これでいいと思う？」

みつこが言っているのは、ガス台の上の小鍋のことのようだ。てっきりいつもの黒豆かと思ったが、中でぐつぐつと煮ていたのは、見慣れない赤茶色の豆である。

「金時豆なんて、ちゃんと煮たことないから。勝手がわからなくて、昔のお料理本を引っ張り出してきたわよ」

「そんな冒険しなくてもいいのに」

「したいわけじゃないのよ。まもりが亜潟《あがた》さんから送って貰《もら》ったものなんですって」

みつこは神経質そうな手つきで、鍋の豆を菜箸でつついている。

「……ってことは、これもベランダで育てたやつ」

「たぶんそうなんでしょうね。まったく。あの人もいいご身分よね。育てるだけ育てて、後は知らないご自由にって。本当に自分勝手」

「……結婚式の件は、アガタサン一人のせいじゃないと思うけど」

「わかってるわよ、そんなことは！　その上でお母さんは怒ってるの」

「そういうもん……？」

複雑すぎて、ユウキには理解しがたかった。

姉のまもりの結婚式は、当初三月に予定されていたのだが、葉二《ようじ》からの電話一本で仕切り直しとなった。式を楽しみにし、前のめりに準備をしていた人間はかなり荒れたようだが、今のところ葉二側の主張が覆った様子はない。

「変に言い訳はしないで、まもりも悪いんですなんてことも口にしなかっただけましね。そんなこととしてたら絶対に許さなかったわ」

つまり許してはいるが、腹の虫がおさまらない……？

同じ親族の関係者である北斗《ほくと》いわく、自分たちが強引だった反省はあるようで、その引け目が今のみつこのような『妖怪ブックサ』を生み出しているのだという。ますますもって複雑怪奇な世界である。

「ほらユウちゃん。とにかくちょっと食べてみて」

みつこが菜箸でつまんだ金時豆を、小皿にのせてユウキに差し出した。

豆はまだ湯気が上がっていて、食べるとサツマイモのようにほくほくして柔らかかった。ほんのり醬油風味の甘さも、ちょうどよいあんばいである。

正直、いつもお重に入っている黒豆よりも、甘さも控えめで好みかもしれない。

「本当に苦労したのよ。届いた時は乾燥してたからまずは一晩水に浸《つ》けるでしょ、そこから茹《ゆ》でこぼして二度目の下茹でをして、柔らかくなったらザルに上げるでしょ。で、お砂糖とお醬油でコトコト煮てやっとここまでできるの」

「普通においしいよ」

「え」

褒めたというのに、みつこが不本意そうにこちらを見たので、ユウキはおかしくなってしまった。

「そ、そう。まあ、口に合うなら別にいいんだけどね……」

「妖怪ブックサだ」

「――ちょっとユウちゃん。いまなんて言ったの？」

「ただいまー」

そこで玄関ドアが開いて、姉のまもりが登場した。相当冷えこんでいたようで、寒暖差に頬を赤くしながら、コートの上に巻いたマフラーを外した。

「どこ行ってたの」

「ちょっとコンビニ。足りない年賀状買いに行ってた」

「卒論間に合うの」

「たぶん間に合うはずー」

『たぶん』で『はず』ときた。

ただいま実家に帰省中のまもりは、大学の卒業論文の締め切りが年明けのはずだった。

本来ならユウキと同じく、部屋にこもって根を詰めているべき人間なのだ。

「あ、金時豆煮てくれたんだ。ありがとうお母さん」

「ちょっとまもり、お行儀悪い」

「んー、甘くてしっとりほくほく！　すごいおいしいのできたね！」

その場でつまみ食いをしたまもりは、それはもう嬉《うれ》しそうに顔をほころばせた。

――もういいか。

食いしん坊にバトンをタッチしたということで、ユウキは自室に戻った。姉は姉。自分は自分。やりかけの参考書が、ユウキのことを待っていた。

（さて）

今年も残りわずか。本命の試験まであと少し。

窓は閉めてあるはずだが、遠くで鐘をつく音も聞こえてきた気がした。

四章　まもり、ありがとうの四年間と東京都練馬。

——厳寒の二月。

まもりの目の前にあるのは、四分の一カットの白菜。袋入りの人参《にんじん》。椎茸《しいたけ》に大根もある。

（うーむ。悪くはないがみな凡庸だ……）

一月の頭に卒業論文を無事提出し、恐怖の口頭試問も最後のゼミも終わり、ようやく一息がつけた如月《きさらぎ》の現在。まもりはスーパーマーケットの野菜売り場に立って、あの時の指《さし》野《の》教授なみに厳しい眼差《まなざ》しを向けていた。

どうもいまいちピンとこない。

仕方ない。わざわざふだん使わない駅前の店まで遠征してきたが、もう一軒別の店も覗《のぞ》いてみるかと思った。

「——あれ、栗坂《くりさか》先輩じゃないですか」

呼び声に振り返ったら、後輩のお隣さんがいた。

「福武《ふくたけ》君じゃん」

「お久しぶりです。買い出しですか？」

「うん、まあそんなとこ。福武君も？」

「はい。俺はバイトが終わったとこなんで、夕飯の材料買って帰ろうと思って」

夏癸《なつき》ははにかむように笑って、ネギと鶏肉《とりにく》が入った買い物カゴを軽く持ち上げた。

ここは練馬《ねりま》駅の複合ビルに入ったスーパーなので、そういう理由なら便利だろう。

出会った頃は、料理もほとんどできない一人暮らしビギナーだったが、最近はまめに色々作っているようだ。体型や血色も、だいぶ健康的になった気がする。

「そうかあ。わたしはちょっと、ここの品揃《ぞろ》えじゃ満足できなかったよ。西口の西友かオオゼキも見てみようと思う。じゃあね」

「ええ？　ちょ、ちょっと待ってください先輩！」

まもりがきびすを返そうとしたら、夏癸は必死に待ったをかけ、光の速さで会計を済ませて追いかけてきた。

「なんなんですかいったい。そんなレアな高級食材でも探してるんですか。フォアグラですかキャビアですか」

「うーん、そういうわけじゃないんだけどね。ねえ福武君、東京《とうきょう》の練馬らしい食べ物って、なんだと思う？」

出入り口の自動ドアをくぐりながら、まもりは訊《き》いてみた。

夏癸が、きょとんと目をしばたたかせる。

「練馬らしい、ですか？」

「そう。前にも話したと思うんだけど、彼氏がいま神戸《こうべ》に住んでるんだよね」

「ああ、あのめっちゃ怖そうなリーマン風の……」

「ごめん。ほんとあの時はごめん」

「マジで犯罪覚悟したんですけど」

まもりは平身低頭謝った。夏癸の中の葉二《ようじ》のイメージが、あのやさぐれた恫喝《どうかつ》一色になってしまうのは避けたかった。

「とにかくね、あっちの会社の人たちも一緒に、オンライン飲み会することになってるの」

「オール関西ヤクザって感じですか」

「ヤクザは抜いて」

「そうですか」

「一応デザイン会社だから。彼氏グラフィックデザイナーだから」

夏癸は思案げな顔で、顎に手をあてている。その頭の中で何を考えているかまでは、まもりもコントロールできなかった。

「まあつまり、先輩だけアウェーなわけですか」

「そう。そうなのよ！　わたし一人だけ関東住みでピンチなんだよね。絶対あっちおいしいもの食べると思うし。ただでさえ食材充実してるのに、葉二さんまでいるし……不利だよ。どう考えても不利すぎる……」

「た、大変すね……」

「どうせなら、ご当地っぽいものでも取り入れようかと思ったんだけど、いざ言われるとないもんなんだよ、これが」

そして最初の問題に立ち返るわけである。

「すいません。すげえ安直ですけど、練馬なら練馬大根とか……」

「それ最初に思ったの！　でもね、もう光《ひかり》が丘《おか》公園の農業祭も、練馬大根引っこ抜き競技大会も終わっちゃってるし、そのへんには出回ってない感じなんだよね」

「それは残念……って先輩、なんですかその練馬大根引っこ抜き競技大会って」

ＪＡ東京あおばと練馬区が共催する、伝統的なレースだ。出場すると、参加賞に練馬大根が貰える。

「とにかく普通の大根と違って、流通量が違うからなあ。ちょっと遅かったよ。食べればすごいおいしいんだけど……」

ため息をつくまもりは、そこで見逃せないものを見た気がした。

──なんだ今のは。

「先輩？」

振り返った先にあったのは、駅ビルのフロア案内とエスカレーターである。ビル内で開催している催事のポスターや広告などもあった。

「ねりま漬物……物産展」

「どうしたんですかいったい」

絶対これだと、まもりの直感が叫んでいた。

「ごめん福武君、わたしちょっとこれ行ってくる！」

「え、なに、漬物ぉ!?」

まもりは目の前のエスカレーターで、ビルの三階へ急いだ。

会場は『Coconeri』の三階、産業イベントコーナーである。

デパートの催事場を思わせるホール内は、ブースごとに多種多様の漬物が陳列してあり、大勢の人で賑《にぎ》わっていた。

「うわー、いかにもな発酵臭……」

なぜか一緒についてきた夏栞が、きょろきょろしながら呟《つぶや》いている。

しかしまもりの狙いは、すでに決まっているのである。さあ——お目当てのものはどこだ。

「あったあ！　練馬大根のお漬物！」

大きな樽《たる》の中に、ひょろりと細長い大根をまるまる一本ぬかで漬けた漬物を発見する。

『ねりま本干沢庵《たくあん》』と書いてあった。

「すいません。これって今年のものですか？」

「はい、そうですよ」

お店の人の太鼓判に、よっしゃとますますテンションを上げる。

（そうだよ。生のシーズンが終わったってことは、加工品が出回る頃ってことだよ。わたし偉い！）

よくぞ気づいた。褒めてつかわそう。

「えーっと、買うんですか先輩」

「ああでも、考えてみたら一本てすごい量だよね。大根一本だもんね。さすがに食べきれないかも」

「ご試食されますか」

お店の人に、楊枝《ようじ》に刺さった一切れの沢庵を差し出された。言われるままにいただいた。

(ん)

その歯ごたえは、よく漬かりながらもパリッと歯切れ良く、漬物らしい塩気と一緒に、旨《うま》みもしっかり感じられた。

これは——。

「あ、うまい」

「ねえ、ほんとに！　白いご飯欲しい！」

「うちはね、昔ながらのやり方で漬けてますからね。米ぬかと塩しか使ってないです」

「でもけっこう甘いですよ。とてもお塩だけって感じじゃ」

「それはぬかの力で発酵してるからですよ。大根の糖分なんかが、米ぬかについた菌のおかげで、旨みに変わるんです。お砂糖やみりんで付けた甘さじゃないんですよ」

まもりは、隣の夏癸に向かって言った。

「福武君、これ半分こして買わない？」

「え、俺ですか？　俺は漬物とかはちょっと……」

「でもおいしいってさっき言ったよね。けっこう気に入ってたよね」

「半分でも大根半分すよ！」

「お漬物が余った時は、細かく刻んでチャーハンにすると、味がすぐ決まっていいですよ。あとはクリームチーズに混ぜてパテにするとか」

「ほらあおいしそう！」

売り子のおばさんは、百戦錬磨の販売員だった。物の見事に口説き落とされて、まもりはお財布を開け本干しの沢庵を買った。ビニールに入ったそれは、丸ごと一本だけあって、ずっしりと重かった。

他にも練馬大根で作った製品で、試食しておいしかったものをいくつか購入し、会場を出た。

「──ああもう、大漁だよ福武君。沢庵は帰ったら半分にして渡すね」

「……お手数おかけします」

「こんな近くでイベントやってたなんて、四年もいて気づかなかったよ」

来年またとは気軽にいかないのが、少し寂しいぐらいだった。

卒業まであと一ヶ月という事実が、今頃になって肌身に染みる。もっともっと、この練馬という場所を知って、仲良くなれる余地はあったのかもしれない。

「ふふふ……まあいいわ。見てらっしゃい亜潟《あがた》葉二。打倒神戸よ。たこ焼きがなんぼのもんよ」

「いやうん……なんか、がんばってください先輩……よくわかんないですけど」

まだ次がある夏癸が、ちょっとだけ羨ましい。

そんな嫉妬に似た感情が生まれたことは、誰にも言わずにおいた。


そのまま家に帰って、買ったばかりの沢庵を切り分けて夏癸のところに届けると、さっそくオンライン飲み会の準備を始めた。

ダイニングテーブルの上に、作った料理と飲み物をセットし、あとは忘れちゃいけない、的確な位置にノートパソコンをセットする。決して倒れやすいものの側に置いてはいけない。

「──よし。こんなもんかな」

最後にもう一回、洗面所の鏡で見た目のチェックをし、大丈夫だと確認してからパソコンの前に座った。操作をして葉二と──六甲《ろっこう》のマンションと繋《つな》がる。

「どうも、こんばんはー」

画面の向こうには、まもりも知っている大きなダイニングテーブルと、何やらおいしそうなおつまみが盛られた皿が映っている。

『こちらこそこんばんはー』

『お邪魔しとるで、栗坂ちゃん』

右と左に葉二と勇魚《いさな》、そして彼らの同僚だという女性陣の姿もあった。

「今日はダイニングで話してるんですね」

『ああ。誕生日席にタブレット設置してな。おまえの顔が四角く映ってるから遺影っぽいぞ』

『社長』

まもりの顔が引きつるのを察した女性が、すかさず葉二を制した。確か名前は、秋本《あきもと》茜《あかね》と言ったか。

「前は本当に、変なとこを見せちゃってすみません」

『あ、いえ。こちらこそ、不躾《ぶしつけ》でしたし失礼だったと思います。申し訳ありませんでした』

茜は年下のまもりに向かって、律儀に頭を下げた。「でもわたしが」「そもそもうちが」

と互いぺこぺこお辞儀合戦が始まり、葉二に「もういいだろ」と止めに入られるまで続いた。誰のせいでこうなったんだと、葉二を睨《にら》むタイミングまで一緒だった。

あらためて目が合ったら、向こうの顔が優しい微苦笑になった。

先日はとんだ格好でのご対面となってしまったが、本来はかなり落ち着いた女性なのだと思う。卒論や先方の仕事の都合で先延ばしになってしまっていたが、こうやって仕切り直しの場ができたのは本当に良かったと思う。有耶無耶《うやむや》のままだったら、きっと後悔していた。

『ほんとねー、こんな若くて可愛い婚約者さんだったら、そりゃ社長も猫可愛がりしますよ』

『小野《おの》。何寝ぼけたこと言ってるんだ。猫なんて飼った覚えねえぞ』

『このみさん。駄目。自覚してないんだよこの人』

『嘘《うそ》ー』

茜の言葉に、同僚だという小野このみが、頬に手をあてて驚いてみせた。

『ま、これでめいめい挨拶はすんだってことやな。俺もう腹減ってたまらんわ』

「なんかそっち、すごいおいしそうですよね。何があるんですか?」

まもりはつい訊《き》いてしまった。

さっきから向こうのテーブルに載ったものが、気になって仕方なかったのだ。

「焼き鳥と角煮?」

『ああ、それは俺らの持ち寄りのやつやわ。梅田《うめだ》と三宮《さんのみや》の地下で買うてきたんや。あとハニがなんかベランダから野菜むしって作っとったな』

——来たな、大本命。

『なんやっけこれ』

『小蕪《こかぶ》と芽キャベツとベーコンの塊に、粗塩とオリーブオイルどばっとかけてオーブンで焼いたもの』

『長いな』

『名前とか特にねえし』

焼き鳥は、塩とタレの二種。おそらくは炭火焼きと見た。豚の角煮は濃いめの醤油《しょうゆ》とザラメで豚バラをこっくり煮付けて、たぶん箸で割れるやつ。

そして名もなきオーブン料理だが、まもりはしっかり想像がつく。きっと小蕪は皮ごと焼いて中がとろけてクリーム状で、芽キャベツはコリコリ甘く、ベーコンの脂と塩が全体に染み染みに染みて野菜が主役になっているに違いないのだ。似たようなものを、何度か食べさせてもらったことがあるから間違いない。そしてここにいるまもりは食べられない。

羨ましすぎて呪いの言葉を吐き散らしそうだ。

『とりあえず、乾杯して食うか』

『賛成！』

向こう側では、缶ビールのプルトップが次々に開けられ、まもりも最初だけはと缶チューハイで乾杯に参加した。

オンラインの特徴上、直《じか》にグラスを重ねることはできないが、液晶画面に缶ビールがアップで映る中、こちらもチューハイを近づけて乾杯とした。気分だけでも、同じテーブルだ。

『お、うまいやんかこのキャベツの蕾《つぼみ》』

『蕾じゃねえ。芽キャベツだ芽キャベツ。大した量は取れねえんだから味わって食え』

そうだそうだ、味わって食え。

『――ところで栗坂さん』

神戸組がテーブルの料理をつまみだしたところで、茜がまもりに向かって言った。

「はい、なんでしょう」

『栗坂さんは、何を食べるつもりなんですか』

まもり側のテーブルに、カセットコンロと一人用の土鍋が載っているからだろう。ちなみにすでに下ごしらえした材料も、バットとザルに盛ってある。

『おまえ、一人鍋でもするつもりか？』

葉二の質問に、まもりは笑って首を横に振った。

「いいえ、葉二さん。ちょっとすき焼きしようと思って」

『え』

『すき焼き？』

イエス。困惑気味のメンバーを前に、スマイルを維持する。

『すき焼きって……土鍋でやるんですか？』

『あのな栗坂ちゃん。悪いこと言わん。すき焼き鍋持っとらんでも、せめてフライパンにしとき。肉焼く途中でぱかーんて割れるで』

「あはは。確かに関西風だとそうなるかもしれませんが、これから作るのは関東風なので大丈夫なんですよ」

ええご心配なく。

まもりは土鍋の蓋を開け、そこにあらかじめ作っておいた『割り下』を注いだ。

「これが関東式特有の、割り下ですね。だし汁とお醬油とみりん、お酒とお砂糖でタレを作っておくんですよ。で、火をつけて煮立たせます」

勇魚が作ってくれた、関西式のすき焼きがおいしかったのは知っている。現地の食べ物がおいしかったのも知っている。葉二のベランダ菜園も、それらを使った季節の手料理が最高なのも知っている。

しかし今、まもりはまもりの意志でもって、それら『最強』をぶん殴ると決めたのだ。

「煮立ってきたら、お肉を広げて投入します」

神戸牛ほど高級ではないが、一人分なのでそこそこがんばったロース肉である。

色が変わってきたら端に避け、残りの具材を入れていく。

「おネギとー、焼き豆腐とー、椎茸《しいたけ》としらたき。あと人参《にんじん》も入れます」

『白菜と玉ネギは入れへんの？』

「入れても入れなくてもいいって感じですね。水分多い野菜は、割り下が薄まっちゃうんで」

『ひえぇ』

「人によっては、ちくわぶがマストって人もいますね」

『……竹輪？』

「ノー。ちくわぶです」

このあたりは好き好きだろう。まもりは調整で失敗したくなかったので、今回は入れなかった。

「で、蓋をしてしばらく煮ます」

土鍋の蓋をし、しばし待っていると、鍋の中が再びふつふつと煮えはじめ、蓋から湯気が出てくるので、鍋つかみでいったん蓋を外す。

焼き豆腐としらたきが色づいてきたので、もう良《い》い頃合いだろう。

「だいたい好みの煮え方になったなあと思ったら、仕上げに春菊を入れます」

『……なんかもう、鍋やな』

『鍋だね』

「これはこれでおいしいんですよー」

異文化に接する顔の勇魚たちに、まもりは笑顔で答えた。

ちなみにあれから大学の友人にアンケートを取ったが、最初だけ別口で肉とネギを焼き、そのあと野菜と割り下で煮込む折衷タイプもいた。栗坂家は、基本この土鍋どんとこい煮込み式である。

色鮮やかな春菊の緑が入ると、茶色い鍋の中は、とたんに締まって完成度が上がる気がする。

『おおー』

画面の向こうから、温かい拍手がわきおこった。

甘辛い割り下で煮込まれた肉や野菜の、関東風すき焼きができあがりとなるわけである。

「すかさず白いご飯を用意してー」

炊飯器もテーブルに用意してあったので、その場で飯を盛る。

「生卵かしゃかしゃしてー」

客観的に見れば部屋にまもり一人なので、かなり変な光景なのだが、ここは我に返ってはいけない。フィニッシュのゴールラインまで駆け抜けるのだ。

「煮えたお肉とお野菜を、卵につけて食べまーす」

宣言通り一口食べたら、ちゃんと期待通りにお家《うち》すき焼きの味だった。

割り下はだしや酒が入っているぶん、関西式より口当たりがソフトでマイルドな食べ心地な気がする。

最後にさっと加熱した春菊と、柔らかく煮込んだ牛肉を一緒に食べると、旨《うま》みとほろ苦さで幸せな気分になれるのだ。

「ん、デリシャス」

『……な、なんか悔しいんですけどチーフ。うちも鍋にするべきでしたか』

『わかる。ようわかるで秋本ちゃん！』

神戸組の視線が、明らかに不安定で落ち着かなくなった。『おいハニ、おまえベランダに春菊生やしてなかったか！』『野菜だけあったってしょうがないじゃないですか！』と内戦が始まっている。

　まもりは慌てず騒がず、もりもりとすき焼きを食べ続ける。

「ちなみに——白いご飯と甘辛醤油味は鉄板の組み合わせですが、ちょっと飽きてきたら箸休めのお漬物を用意します。こちら」

『——おい』

　ここまで比較的平静を装っていた葉二が、そこではじめて腰を浮かせた。

『おまえまさか、その沢庵《たくあん》』

「はい、お目が高いですね。今年収穫された練馬大根です。昔ながらの一本漬け」

『嘘だろ、どこでそんなん手に入れた！』

「練馬駅の駅ビルで」

『————』

「ちょうど『ねりま漬物物産展』やってたんですよ」

　葉二は放心状態になり、椅子にまた腰を下ろした。

　まもりはお茶碗《ちゃわん》片手に、ぽりぽりと本干沢庵の歯ごたえを楽しむ。

「いやー、残念ですねー。リモートなのが本当に残念」

『……な、なあハニ。何がそんなショックなんや……』

『練馬大根はな……東京の伝統野菜だが流通量がめちゃくちゃ少ないんだ……生は練馬区民も広報をまめにチェックしないと手に入らなくてな。しかも本干し……』

「同じ練馬大根のべったら漬けも買いました」

『まもりおまえ、明らかに喧嘩《けんか》売ってるだろ。悪意しか感じられねえぞ！』

「いいじゃないですか別に。本場のたこ焼き食べられたんですから」

画面の向こうの葉二が、絶句した。

あの時、まもりが一人遠い場所にいて、食べたくても食べられなかった切なさと無念を、少しは思い知ればいいのだ。

『……納得したんじゃなかったのかよ』

「部屋に秋本さんたち呼んだ件は、でしょう。食べ物の恨みは恐ろしいんですよ」

『……根に持つなおまえも』

「あー沢庵おいしい」

まもりが積年の恨みを発散させる一方で、『テトラグラフィクス』の社員たちが、缶ビール片手に話している。

『ねえチーフ。聞いてくれますか』

『なんや秋本ちゃん』

『私ですね、この社長と結婚しようって人ですから、相手はそれはもう菩薩《ぼさつ》のように心が広いか、振り回されて可哀想《かわいそう》な人だと思ってたんですよ』

『ああ――そんなやわなたまやないやろ。あのお嬢ちゃん』

『みたいですね』

茜が嘆息して、オーブンでよく焼いた小蕪《こかぶ》を口にする。

まもりたちの話し合いも、オンラインで続く。

『とにかくな、たこ焼きは逃げねえから。こっち来たらいくらでも焼いてやる。たこ焼き器も買ってある』

「約束ですよ」

『そうですよー、栗坂さん。土鍋すき焼きも是非一緒に。すっごいおいしそうだったから』

画面の端からこのみに言われ、まもりは照れてうなずいた。

「はい、その時はよろしくお願いします」

今はまだ会えないけれど、春になったらきっと。

リアルでこの人たちに会える日は、そう遠いわけではないのだ。

――さて。食った飲んだの後は、お片付けである。

オンライン飲み会を終えると、さっきまで賑《にぎ》やかだと思っていた部屋の中が、急に静まりかえって気温まで低くなった気がした。

(変な話だよね。もとからわたししかいないのに)

気持ちの問題というのは、恐ろしいものだ。まもりはぶるると身震いし、自分一人で食い散らかしたテーブルの後始末を始めた。

キッチンとリビングを往復していると、スマホに新着の通知がきていた。

てっきり葉二かと思いきや、意外な人物からだった。

「お」

涼子《りょうこ》『帰国の日程決まった！　引っ越しの段取りつけよう』

テキサス州ダラスにいる従姉妹《いとこ》、栗坂涼子である。

いよいよかと感慨深くなった。

＊＊＊

部屋の明け渡しが決まってからは、尻に火がついた勢いで準備を始め、送れる荷物は実家と神戸の二ヵ所に送り続けた。

そういうわけで、三月初頭となった涼子の帰国日には、私物らしい私物はキャリーカート一個に収まるサイズにまで減り、彼女の到着を待つばかりとなったわけである。

部屋にガーガーと掃除機をかけていると、玄関でインターホンが鳴った。

（はーい）

まもりが振り向いた時にはもう、ドアが勝手に開いて従姉妹殿が顔を出していた。

「やっほう、まもり」

「涼子ちゃん！」

こちらも歓声をあげて、彼女のもとに駆け寄った。

ベージュのトレンチコートとパンツスーツ姿の涼子は、飛びつかんばかりの勢いでハイタッチを求めてきたまもりを、笑いながら受け止めた。

「おかえりー。駐在終了おめでとう。日本帰国おめでとう」

「ありがとう。おかげさまで課長待遇になりましたよ」

「え、すごい」

「ほほほ」

涼子は口をおさえてほくそ笑んでみせる。さすがはバリキャリ、一族の出世頭。

一時は上司に恵まれず、退職まで考えていたのが嘘《うそ》のようだ。

「……ほんと、良かったねえ涼子ちゃん。がんばったんだ」

感慨のあまり呟《つぶや》いたら、涼子もおどけるのはやめて目を細めた。

「うん。まもりもね。亜潟クンと幸せになるんだよ」

頭をくしゃくしゃに撫《な》でられて、余計にくすぐったかった。

葉二と結婚すると報告した時は驚かれたが、こうして祝福してもらえるのはとても嬉《うれ》しい。

「それじゃ、この後どうするのまもりは。すぐ彼のとこ行くの？」

「ううん。まだ卒業式があるから、それまで実家にいることにした」

「ああ、それがいいよ。叔母《おば》さんたちとのんびりしな」

「できるかなあ、のんびり」

お互い笑いながら、リビングに移動する。基本の家具だけに戻った部屋の中は、多少古ぼけながらも四年前とほぼ同じのはずだった。

「またここで暮らすんだな。綺麗《きれい》に使ってくれてありがとね」

「涼子ちゃんの荷物は、いつ届くの？」

「一応、今日のはずなんだけどね。海外からだからなあ。別の空港行ってなきゃいいけど」

「え、どうしよう。まずいんじゃないのそれ」

ピンポーン、とインターホンが鳴る。

「あ、来た来た」

「良かったー」

問題の荷物が運び込まれ始めるのを見届けてから、最後に鍵一式を涼子に返し、『パレス練馬』五〇三号室を後にした。

「――ただいまー」

夕方。最後に残っていた私物を持って、川崎《かわさき》の実家に帰宅した。

「おかえりなさい。涼子に会えた？」

「うん、ちゃんと鍵も返してきた。なんかすごい出世して元気そうだったよ」

台所のみつこと話しながら、自室に荷物を置きに行った。

居間の横の四畳半には、神戸に送るまでもなかった段ボール箱が積んである。これも後で整理しないと、みつこがうるさいだろう。

コートを脱いで部屋の惨状を眺めていたら、そのみつこが顔を出した。

「ねえまもり。今晩はお寿司《すし》でも取ろうと思うんだけど、お店の希望とかある？」

「……珍しいね。今日ってなんかあったっけ」

「馬鹿ね。一応、あなたが帰ってきたじゃない。お父さんも今夜は早いって言うし、たまにはいいでしょう」

「わー、嬉しい。景気いいなー」

まもりは喜んでデリバリーのチラシが入ったファイルを取ってきて、居間のこたつに腰をおろした。

どの寿司にするか迷っていると、父の勝《まさる》も帰宅した。

「お、帰ったかまもり。出前取るのか？」

「そうそう。この『竹』の桶《おけ》に、鉄火巻足すのでいい？」

「どれどれ、父さんにも見せてくれ——」

勝もこたつに寄ってきて、一緒になって寿司の選定をはじめた。

「何騒いでんの」

やがて奥の部屋から、弟のユウキまで出てきた。

「ねえユウキー。お寿司、どれが食べたいとかある？」

気軽にチラシを見せたのだが、なぜか向こうは真っ赤になって目をそらした。

「……そんなわざわざ祝ったりしないでいいよ。大げさな」

「は？」

何を言っているのだろう、この子は。

まもりがきょとんとしたのが伝わったのか、向こうも動揺したままこちらを見返した。

「……え。いや、だって」

「どういうこと？」

「今日、合格発表……」

おかしな空気を察したのか、みつこも台所から移動してきた。

「——もしかして、大学の発表？　京大の？　ユウキ合格したの？　ネットでわかったの？」

「おい、母さん！」

「やだどうしましょう」

居間の中は、ユウキを除いて蜂の巣をつついたような騒ぎになった。

「もういい、いいから」

「特上だ、とにかく特上頼もう！　一番いいやつ」

「まもり、あなたちょっと行ってケンタッキーのチキン買ってきて」

「わかった！」

まもりはこたつから立ち上がった。

「そうよ、合格発表よ。カレンダーにお寿司のシールが貼ってあったから、何か大事なことがあるのはわかっていたんだけど、やっぱりまもりが戻ったぐらいじゃ弱すぎたわね」

みつこが悔しそうに呟いている。そんな感じで大事な日を忘れられたユウキは哀れだし、かわりにあてがわれていたまもりの引っ越し祝いも、ぬか喜びもいいところだった。

しかしめでたいものはめでたい。

「ちょっと待っててね、ユウキ！　とにかくおめでとう！」

「……もういいよ」

弟は赤面したまま力なくうめき、まもりが玄関の靴を履き終える頃には、父が寿司屋に特上四人前を注文していたのだった。

近所のショッピングモールに入っているケンタッキーで、お祝いの時にいつも買っているセットを購入した。

熱々でいい匂いがするビニール袋を手に、街灯と星が光る大通りを歩いていく。

ついでにスマホも取りだした。

「──あ、もしもし葉二さん？　いま話しても大丈夫ですか？　大丈夫？　良かった」

なんだか無性に、自分の声を届けたくなったのだ。

「うん。お部屋は無事に、涼子ちゃんとバトンタッチ完了。今は川崎の実家。ケンタッキー買って帰るとこ」

なんでケンタッキーなんだよと言われた。

「ふっふっふ。よくぞ聞いてくれました。実はですね──ユウキが大学合格したんです。そう第一志望」

話している自分まで、誇らしくなってしまう。

葉二からは、率直な祝いの言葉が聞けた。

『俺も後で一言送っとくわ』

「そうしてやってください。ユウキ喜びます」

あれで結構、葉二のことは信用しているようなのである。ひょっとすると姉のまもりよりも。そう思うと少し悔しい。

『あとな、まもり』

「はい？」

『おまえの卒業式の日、俺もそっちに行けそうだ。手続き済ますなら、そこで片付けちまおう』

まもりはケンタッキーの袋をぶらぶらさせながら、葉二の言葉を反芻した。

そういうことなら、たぶんその日は、まもりにとって忘れられない大事な日になりそうだ。

「――了解です。じゃあその日にしましょう」

家に帰って、買ってきたチキンと出前の寿司で、ユウキの合格祝いをした。

久しぶりに発泡酒以外の、ビールらしいビールを飲んだ父は上機嫌だった。

「これで春からは、まもりもユウキも遠くに行くんだなあ」

そこに湿った感傷はなかった。子供たち二人とも、やりたいことがあって、それを相手にも認めてもらって巣立っていくだけだ。だけど物理的な距離を伴う旅立ちは、旅立つ側に少しだけ言葉を失わせるのだ。

「いいことよ。洗濯物が減るんですから」

母が澄ました顔で、好物のイクラの軍艦巻を口に入れた。

まもりもマグロの握りを一口食べたら、わさびが辛くて泣きそうになった。慌ててお茶を飲んで深呼吸したのは、そういう理由にしておいた。

＊＊＊

三つ寒い日が続いて、四つ暖かい日が続いて、三寒四温。この時期はそうやって少しずつ寒さが緩んでいく。春に向かって進んでいく。

そして——弥生下旬の快晴の日。私立律開大学《りっかいだいがく》の、卒業式が執り行われた。

あまり広くはない講堂は、一日目と二日目で学部を分けてもぎゅう詰めだった。しかし、学長のスピーチや送辞に答辞の挨拶など、振り返ってもなかなか感動的な式だったと思う。

自分たちの卒業証書や祝いの品を、学生証と引き換えに受け取れば、あとはもう自由な身である。

狭いキャンパスのあちこちに、色鮮やかな袴《はかま》を着込んだ女子学生や、スーツ姿の男子学生があふれかえり、集まって写真を撮りあっていた。

ちなみにまもりも、そのうちの一人である。

「はーい。もう一枚いきますよー」

指野ゼミのメンバーと、学位ホルダー片手に記念撮影をする。その前は学科の有志だった。代わる代わる忙しい。

「──まもり、周《しゅう》のとこ行こう」

一緒にゼミの写真に収まった湊《みなと》が、まもりの腕を取った。

彼女が着ている着物は、故郷沖縄の『おばあ』が買ってくれたという紅型《びんがた》の晴れ着で、華やかな染めが湊のルックスによく似合っていた。まもりは成人式の時と同じレンタル業者に頼んだので、お買い得だがあまり代わり映えはしない感じだ。

「おーい、ここさー」

湊が手を振ると、人混みの向こうから、小沼《こぬま》周と佐倉井《さくらい》真也《しんや》の姿が近づいてくるのが見えた。

「よ、美人さんたち。お写真撮りましょうか？」

二人ともネクタイを締め、大学から渡された紙袋を提げている。

「もちろん。というかみんなで撮らなきゃ」

「じゃあ俺撮ろうか」

真也が気を利かせてスマホを取りだそうとしたが、「まあ待て」と周が制した。そしてスーツの内ポケットから、高い万年筆でも取り出すようにもったいぶって披露したのは、伸縮式の自撮り棒である。

「なんでそんなの用意してるの」

みんな大笑いだった。

「はーい、化粧が剝げる前に撮りますよー。集まってー」

まもりたちは、笑いながら植え込みの前に集合した。周の演技指導は厳しく、自撮り棒を持ちながら各自のポージングがセンチ単位で指定された。

きつい体勢のまま空を見上げると、桜の枝が青空に映えていた。最近は開花がどんどん早まって、先端のつぼみはそろそろ開きそうだった。

「膝を英語で言うとー」

『knee!』

四人の声が重なり、自撮り棒にセットしたスマホのセルフタイマーが作動した。まもりたちは、ようやくそれで力を抜くことができた。

これはすごい記念写真が撮れた気がする。

「まあでも、みんな無事に卒業できて良かったな、ほんと」

周が自撮り棒をポケットにしまいながら、あらためて言った。

それは確かに、心から思う。

誰かの語学の単位が危なかったり、卒論締め切りの直前になってクラウド上のデータを消してしまったりした人もいたが、最終的にはこうして卒業式に参加して、それなりに希望の職にもつけたのだから。

「佐倉井君が国会の職員とか、最初聞いた時はけっこう意外だったよ」

「ああ……」

真也はずれた眼鏡のブリッジを、中指で押し上げる。

「最初、裁判所の事務官と迷ったんだけどさ」

「ああ、そっちの方が佐倉井君ぽい」

「あっちは全国にあるから、転勤しないといけないだろ」

「え、じゃあ――」

「国会議事堂なら、永田町《ながたちょう》に一つしかないし」

――つまり何か。大真面目に言っているが、ようは転勤したくないから国会を職場に選んだのか。

一緒に話を聞いていた湊が、半眼で突っ込んだ。

「ばれたら国民が泣くぞ、国家公務員」

「百二十センチ水槽と一緒に全国転勤するのは、現実的じゃない」

「湊ー。こいつは真面目そうに見えるだけで、中身はこんなもんだぞ。魚の餌代のためならキリキリ働くだろうが」

「当然だろ」

真顔で肯定するので、呆《あき》れるしかなかった。

「俺は、栗坂の度胸の方が信じられないけど」

「え、わたし？」

「このまま麺の人のとこ行くんだろ」

話を振られ、まもりは少々たじろいだ。ちなみに彼が言う『麺の人』とは葉二のことで、当初の名称『イケメンサラリーマン』から長い時を経て、ここまで短縮された経緯がある。最初サラリーマンだった麺の人も、今はフリーランスを経て会社経営者である。

「うん、そのつもり」

「後悔しないようにな」

「どうだろう。わからないな」

真也が意外そうな顔をした。もっと自信満々だと思ったのだろうか。

そう。いつかしまったと思う日が来るとしても、今はその人と一緒に考えていきたいと思っているだけなのだ。明日の自分がどうなるか。明日の献立はなんになるか。明日より

もっともっと先の、未来のことも。

謝恩会は早々に抜けて、西武《せいぶ》線に揺られて練馬駅の改札で葉二と合流した。

「どうも、お疲れ様でーす」

「おまえな。まだこれから一仕事あるんだぞ」

開口一番、しかめっ面で言われてしまった。

確かにその通りなのだが、卒業式を終えた自分と、西から六百キロ移動してきた葉二なのだ。ねぎらうぐらいしてもいいだろう。

葉二が何も言わずに、まもりが持っていた荷物の袋を持ってくれた。

「このまま区役所行ったら、めちゃくちゃ浮きますよね」

「覚悟の上だろ。我慢しろ」

「どう、可愛い？」

まだ袴姿のコメントを貰《もら》っていなかったので、あらためて聞いてみた。

「――当たり前のことを聞くなよ」

「つまり可愛いんですね」

まあよしとしよう。自分で自分の機嫌を上向きにさせて、歩き出す。

「思うんだがな、どうせこの後引っ越しだなんだで色々出さなきゃいけねえんだから、婚姻届も神戸行ってからでよくないか？」

「それはよくない」

「そうか」

これはまもりの譲れないところだった。

婚姻届の提出は、どこの役所でも受け付けてもらえると聞き、それならここ練馬で出したいと思ったのだ。

今のまもりの現住所は川崎で、葉二の住民票も神戸にあるから、書類上は練馬となんの接点もない。だからなおさらだった。

「何年も一緒にいた場所なんだから、記念に何か残したいじゃないですか」

「へいへい。んじゃ行くぞ」

駅の西口から区役所まで、ふだんなら五分少々の道のりを、着物のせいもあっていつもよりゆっくりめに歩いた。

あのスーパーで買い物をしたなと思ったり。あの郵便局のポストに、年賀状を入れた時のことも思い出した。イチョウの形のガードレール。街路樹のポプラ。思い出をなぞって歩けば、あたたかい気持ちがこみ上げてくる。

大事な人に出会って、大事なものに出会って、感謝しかない四年間を過ごした場所だった。

やがて、区役所のビルが見えてくる。

「ここのグリーンカーテン、豪快で結構好きでしたよ」

「ああ、俺もだ」

夏場は大規模な緑化作戦をやるのが定番で、ニガウリやヘチマに覆われる庁舎の壁だが、三月の今は簡素なものである。こういうところも町として好きだった。

「そうだ。書類の方は大丈夫か。忘れてないよな」

戸籍住民課がある本庁舎の二階に上がったところで、葉二が聞いてきた。

「はい、それはもちろん。川崎の市役所で用紙貰って、葉二さんの記入欄以外は、全部埋めてありますよ。ほら」

葉二に預けていた紙袋から、必要な封筒を取り出した。

「証人の欄は？」

「父と母に書いてもらいました。いいですよね」

「ぜんぜん問題なし。戸籍謄本もある。よし完璧だ」

「その前に葉二さんの名前と判子」

「わかったわかった」

葉二は記入台のペンを借り、『夫になる人』の欄に『亜潟葉二』と書き込んだ。

少し角張った男性らしい字で、それなりに整っているのが葉二らしい。隣のまもりが丸っこい字なので、余計に差が出ていた。

空欄を全て埋めて判子も押して、戸籍係の窓口に書類を提出した。窓口の男性は、頭に髪飾りを付けた袴姿のまもりに驚いていたが、その後はプロ意識を発揮して粛々とチェックと処理を進めてくれた。

「──それでは、こちらで受理いたします。おめでとうございます」

窓口の人に言われた時は、嬉《うれ》しいよりも先にほっとした感じだった。

戸籍ができあがるまでの証明書類になる、婚姻届受理証明書も発行してもらい、一階の自動ドアをくぐったあたりで、ようやくじわじわと実感が湧いてきた。

「あの、どうぞ今後ともよろしくお願いします」

「いや、こっちこそ頼む」

その場で頭を下げあったりした。

かくして栗坂まもりは練馬の地にて卒業となり、亜潟まもりとしての人生が始まるわけである。

エピローグ　The cooking of the newly married couple.

——そして三月の末。

晴れて神戸《こうべ》六甲《ろっこう》のマンションに居を移したまもりは、早くも後悔の二文字にさいなまれていた。

「ああああ、もう！　なんで練馬《ねりま》で入籍なんてしちゃったかな！」

やってもやっても、氏名と住所変更の手続きが終わらないのである。

四月の新年度開始まで、あとわずか。ダイニングのテーブルにかじりついて、ここまで変更が終わったものと処理待ちのものと手つかずのものをリストアップしているのだが、正直終わりが見えない。

作業する手が止まると、生ぬるいため息が出た。

「……考えてみればさ。あっちでも戸籍謄本用意して婚姻届出して転出届も出して、何度も違う役所で書類書いてさ。こっち来てまた転入届出して新しい住民票と戸籍謄本用意して、沢山名義変更してさ。正直二度手間だよね？　手間増やしただけだよね？」

「……だから俺は、そう言ったつもりなんだがな」

「わかってたけど練馬は譲れなかったのよー」

自分が支離滅裂なことを言いだしているのも、自覚していた。ちょっと疲れていたのである。

入社先への報告と運転免許、スマホの変更は終わった。年金と保険関係はこれから。銀行の新しい名前が入ったキャッシュカードは送られてくるのを待つばかりだが、パスポートと郵便貯金の手続きを完全に忘れていた。クレジットカードに紐《ひも》付いた、サイト上の個人情報も全部書き換えだ。

葉二《ようじ》は休日らしく、キッチンで何やら作っていたかと思えば、今度はベランダの戸を開けている。

あちらは結婚したといっても大した変わりはないから、気楽といえば気楽だ。

「ま、おいおいやってきゃいいだろ。そんな根詰めんでも」

葉二がベランダから戻ってくる。

その手には、丸皿に盛り付けた料理が載っていた。

よく焼いたベーコンに、半熟のスクランブルエッグ。小さめのパンケーキの隣に、外で摘んできたらしいベビーリーフのサラダ。上に食べられる花、キンセンカの花びらがちょっとだけ散らしてあるのが、葉二なりの機嫌の取り方な気がした。

温かい湯気と一緒に、溶けたバターの香りが漂ってくる。

まもりはいい匂いがする皿の、一番上のキンセンカを、つまんで口に入れた。それはサクサクとしてほろ苦く、だけど花びらのオレンジ色と同じぐらい、気持ちよく目が覚める味だった。

「……おいしい。しゃきしゃき」

「後で俺も手伝ってやるから」

——そう。

窓の向こうにすくすく育つ野菜たちがいて、その野菜でおいしいご飯が食べられて、葉二もいる。

確かにへこむ理由なんて、そんなにないのかもしれない。

まもりと葉二のおいしいベランダ。クッキングレシピ9

関東風土鍋すき焼き

材料（1人ぶん）

・牛薄切り肉	100g	・椎茸	2枚		
・しらたき	50g	・春菊	1/2株		
・ネギ	1/2本	・人参	1/4本		
・焼き豆腐	1/4丁	・卵	1個		

A	酒	大さじ1
	みりん	大さじ1
	醤油	大さじ1
	砂糖	大さじ1
	顆粒だし	小さじ1/2

1. しらたきと焼き豆腐は食べやすい大きさに切り、ネギは斜め切り。人参は薄めの輪切りにし、椎茸は石突きを取って十字に切れ目を入れる。春菊は茎から葉を摘み取る。
2. 土鍋にAを入れて中火にかけ、沸いたら牛肉を広げて入れる。色が変わってきたら端に寄せ、しらたき、ネギ、焼き豆腐、椎茸、人参を入れて、蓋をして弱火で煮込む。
3. ぐつぐつし始めたら蓋を開け、豆腐としらたきが色づいたところで春菊を入れる。
4. 取り皿に卵を溶いて、具をくぐらせいただく。

一口メモ

まもり
今回のテーマはソロすき焼きなので、1人前の分量です! 人数に応じて増やしてください

葉二
ぼっち飯……

なんか言いましたか

いや。締めは卵とじで、ご飯にかけるのが好きだ

どうぞなにとぞ召し上がれー

あとがき

九巻です。内容は葉二《ようじ》も本文で言っていますが、『遠距離にまったく向いていないカップルが、なんとかかんとか九ヶ月しのいで入籍するまでの話』でございます。いや君たちほんと、出だしがお隣同士で良かったよ。たぶん普通につきあってたら、三ヶ月ぐらいで破綻してたと思うよ……。

他に大変だったハプニングとしては、もはやリモート飲み会が普通になってしまった世界情勢とか、ネットが発達したこのご時世でもぺっちん瓜《うり》が手に入らず絶望しかけた事とか、色々あります。瓜については、編集部でJA兵庫南さんに問い合わせたり、地元の方に頼んでクール便で送ってもらったりしました。本当にありがとうございます。

九巻は割とイレギュラーな構成だったので、次は新生『亜潟《あがた》まもり』さんと、嫁に浮かれた旦那の新しい暮らしぶりをお届けできればと思っております。一応、最終巻の予定です。今回もこの読書が、皆様の『おいしい』時間となりますように。竹岡《たけおか》葉月《はづき》でした。

お便りはこちらまで
〒一〇二―八一七七
富士見L文庫編集部　気付
竹岡葉月（様）宛
おかざきおか（様）宛

取材協力
ＪＡ兵庫南　ふれあい広報課
資料提供
清水章子

富士見Ｌ文庫

おいしいベランダ。
あの家《いえ》に行《い》くまでの9ヶ月《きゅうかげつ》

竹《たけ》岡《おか》葉《は》月《づき》

2020年11月15日　初版発行

発行者　青柳昌行
発　行　株式会社 KADOKAWA
〒102-8177　東京都千代田区富士見2-13-3
電話　0570-002-301（ナビダイヤル）

印刷所　株式会社暁印刷
製本所　株式会社ビルディング・ブックセンター
装丁者　西村弘美

ISBN 978-4-04-073800-0 C0193